JULIA JAMES

La rançon de la séduction

Traduction française de
ELISABETH MARZIN

AZUR

HARLEQUIN

Collection : Azur

Titre original :
VOWS OF REVENGE

HARPERCOLLINS FRANCE
83-85, boulevard Vincent-Auriol, 75646 PARIS CEDEX 13
Service Clients — https://www.harlequin.fr/contenu/contactez-nous
ISBN 978-2-2805-1931-1 — ISSN 0993-4448

Édité par HarperCollins France.
Composition et mise en pages Nord Compo.
Imprimé en juillet 2025 par CPI Black Print (Barcelone)
en utilisant 100% d'électricité renouvelable.
Dépôt légal : août 2025.

MIXTE
Papier
FSC FSC® C159065

Pour limiter l'empreinte environnementale de ses livres, HarperCollins France s'engage à n'utiliser que du papier fabriqué à partir de bois provenant de forêts gérées durablement et de manière responsable.

1

Damos Kallinikos n'écoutait que d'une oreille les explications du Dr Michaelis. Contrairement à ce que pensait le responsable des fouilles, il n'éprouvait pas un intérêt particulier pour les sites archéologiques de l'âge du bronze de cette île de la mer Égée. S'il avait laissé entendre que Kallinikos Corporation pourrait éventuellement sponsoriser un chantier de fouilles, sa présence était en réalité due à une tout autre raison.

Il promenait un regard aigu sur les membres de l'équipe de fouilles. Beaucoup étaient agenouillés sur le sol poussiéreux, qu'ils creusaient avec d'infinies précautions à l'aide de truelles diverses. D'autres allaient et venaient, prenant des photos des objets récoltés ou les transportant jusqu'aux tables installées à l'ombre des oliviers en bordure du site d'excavation. Où se trouvait-elle ? Pas parmi les femmes qui étaient debout. Elle devait donc faire partie de celles qui creusaient à genoux. Il ne l'avait jamais vue en chair et en os mais les photos prises par ses enquêteurs étaient assez nettes. Aussi nettes qu'étaient précis les renseignements qu'ils lui avaient transmis.

Kassia Bowen Andrakis, vingt-six ans, était de mère anglaise et de père grec. De la mère il ne savait rien et il s'en moquait. En ce qui concernait le père c'était tout l'inverse. Yorgos Andrakis était un personnage qu'il connaissait bien. C'était l'un des hommes les plus riches de Grèce – et l'un des plus déplaisants. Il l'avait rencontré suffisamment souvent pour savoir que cette réputation était méritée. Cependant, ce qui l'intéressait ce n'était pas la personnalité de Yorgos Andrakis. C'était son dernier projet en date.

Et les moyens qu'il employait pour le mener à bien.

La mâchoire de Damos se crispa. Andrakis ne parviendrait pas à ses fins. L'entreprise que convoitait le milliardaire c'était lui qui allait l'acquérir. La société de logistique et transport de Cosmo Palandrou était mûre pour le rachat. Malgré la gestion désastreuse de son propriétaire, qui avait eu pour conséquences des grèves à répétition et des annulations de contrats en série, la société gardait un fort potentiel de croissance. Personnellement Damos prévoyait entre autres de tirer parti des nombreux sites d'entreposage sous-exploités et de favoriser la synergie avec ses propres sociétés maritimes. Oh ! oui, il était très intéressé par l'entreprise de Cosmo.

Mais Yorgos Andrakis également.

Et comme à son habitude Andrakis voulait racheter l'entreprise à un prix dérisoire afin de réaliser des profits maximums après l'avoir démantelée. Cependant, Cosmo exigeait une contrepartie. Et la contrepartie qu'Andrakis était prêt à lui proposer, d'après les sources de Damos, se trouvait ici. En train de fouiller dans la poussière de l'âge du bronze.

Kassia Andrakis. La fille que Yorgos avait l'intention de marier à Cosmo afin de s'emparer de son entreprise.

Sauf que lui avait d'autres projets pour elle… Damos plissa

les yeux. Cette femme qui venait de relever la tête pour s'essuyer le front du dos de la main sous le soleil brûlant... Oui, c'était bien elle. Il l'observa un instant. Connaissait-elle les intentions de son père ? Si oui, elle n'était sûrement pas enthousiasmée. Aucune femme ne le serait. Cosmo Palandrou était aussi odieux que Yorgos Andrakis et il avait un physique aussi peu séduisant – embonpoint, poches sous les yeux, joues flasques et double menton.

Non, il y avait peu de chances que Kassia Andrakis ait envie de devenir Mme Palandrou. Et il allait faire en sorte qu'elle devienne la dernière femme au monde que Cosmo souhaiterait épouser...

Damos réprima un sourire satisfait. Une fois cet objectif atteint, il aurait le champ libre pour s'emparer de l'entreprise de Cosmo. Il se tourna vers le responsable des fouilles.

— Fascinant. Pourrions-nous regarder ça de plus près ?

Kassia Andrakis se relevait. Avec à la main un tesson de poterie. C'était le moment idéal. Damos indiqua la jeune femme d'un signe de tête.

— Une découverte ?

Sans attendre de réponse, il se dirigea vers la jeune femme. La femme qu'il voulait rencontrer. Et qui, bien qu'elle l'ignore encore, allait devenir sa prochaine maîtresse...

Kassia sentait la sueur ruisseler dans son dos et entre ses seins. Son T-shirt était humide et son pantalon plein de poussière. Elle étudia ce qu'elle venait de mettre au jour. Sans doute possible un tesson de jarre à étrier, récipient utilisé trois millénaires plus tôt pour le stockage et le transport de l'huile d'olive. Alors qu'elle se dirigeait vers les tables où étaient déposés les objets à cataloguer, le responsable des fouilles la rejoignit.

— Ah, Kassia... Qu'avez-vous trouvé ?

Elle ouvrit la bouche pour parler mais aucun son n'en sortit. Son regard venait d'être irrésistiblement attiré par l'homme qui accompagnait le Dr Michaelis. Un homme qui détonnait dans le décor avec son costume gris pâle – hors de prix, ça se voyait au premier coup d'œil – sa cravate de soie bordeaux, ses chaussures noires impeccablement cirées et sa montre en or. Il donnait l'impression de sortir tout droit d'une réunion de conseil d'administration.

Mais ce n'était pas le plus saisissant. Cet homme – grand, mince et d'une élégance irréprochable – était tout simplement l'homme le plus beau qu'elle avait jamais vu...

Damos arbora un sourire étudié. C'était donc la fille d'Andrakis. Difficile d'imaginer une femme plus différente de celles qu'il fréquentait d'ordinaire. C'était le contraire d'une créature glamour. Bien sûr, elle travaillait à genoux par terre dans la chaleur. Rien d'étonnant à ce qu'elle soit rouge, couverte de poussière et décoiffée. Quant à sa tenue... Un T-shirt informe, humide de sueur et d'un jaune moutarde hideux. Un pantalon large aux genoux tachés de boue. Et des baskets usées, elles aussi couvertes de poussière. Elle était grande, mais à part ça impossible de deviner les contours de sa silhouette dans ces vêtements amples. Cela valait sans doute mieux, d'ailleurs...

Non. Kassia Andrakis n'offrait pas une image séduisante. *Suis-je vraiment capable de mettre mon plan à exécution ? D'avoir une aventure avec cette femme improbable ?* Damos crispa la mâchoire. Ce qu'elle lui inspirait en tant que femme n'avait aucune importance. Elle n'était que le moyen d'arriver à ses fins. Rien d'autre.

— Vous voulez bien nous montrer votre découverte ? demanda-t-il d'un ton affable.

La jeune femme ne bougea pas. En fait, elle s'était figée dès qu'elle avait levé les yeux sur lui. Et elle avait tout d'un lapin pris dans les phares d'une voiture. Eh bien, c'était au moins un signe prometteur. Qui n'avait d'ailleurs rien de surprenant. Sans être vaniteux, il avait appris très tôt que les femmes appréciaient beaucoup ce qu'elles voyaient quand elles le regardaient. Dès l'adolescence, avant même de devenir riche, il avait eu l'embarras du choix. Aujourd'hui, en tant que « nouveau riche » – très nouveau, à vrai dire – il savait qu'être vu avec une célébrité au bras ne pouvait pas faire de mal. Il privilégiait donc la compagnie de femmes en vue, qu'elles soient actrices, vedettes de la télévision, mannequins ou jet-setteuses. Belles, élégantes et sûres d'elles. Des femmes qui aimaient être sous les projecteurs et qui de leur côté savaient qu'être vues avec lui était bon pour leur ego comme pour leur carrière. Aucune femme n'émettait d'objection à une aventure avec lui.

Bien que très différente de ses maîtresses habituelles, celle qui se trouvait devant lui en ce moment était la prochaine sur la liste. Elle n'émettrait aucune objection non plus. Il allait faire le nécessaire pour...

Comme si elle prenait soudain conscience qu'elle ne pouvait pas continuer éternellement à le fixer d'un air hagard, elle tressaillit et bredouilla :

— Euh...

Le responsable des fouilles scruta le tesson poussiéreux.

— Voyons ça… l'épaule d'une jarre, de toute évidence. Et à en juger par sa courbe, l'objet entier devait mesurer au moins vingt centimètres de hauteur. Avez-vous vu les autres morceaux ?

Kassia Andrakis reporta son attention sur le responsable au prix d'un effort manifeste.

— Je… je pense, oui. Au moins d'autres fragments. Un morceau du bec verseur et quelques-uns d'une des anses.

Elle parlait d'un ton distrait et le rouge qui colorait ses joues n'avait visiblement plus rien à voir avec la chaleur. Mais il restait peu flatteur. Damos se pencha vers le morceau de poterie.

— Est-ce une partie d'un motif de décoration qu'on distingue ? demanda-t-il en feignant le plus grand intérêt.

— Oui, répliqua le Dr Michaelis.

Avec des accents lyriques, il se lança dans une évocation des décors de jarres à étrier les plus répandus. Damos l'écouta poliment avant de demander à la fille de Yorgos Andrakis :

— Pourriez-vous me montrer comment vous vous y prenez pour déterrer les autres morceaux ? Je suppose qu'il faut prendre des tas de précautions ?

— Euh…

Elle déglutit, puis jeta un coup d'œil hésitant au responsable des fouilles.

— Donnez-moi ce morceau, dit aussitôt ce dernier. Je m'occupe de le faire photographier et cataloguer. Vous, montrez à notre visiteur comment nous travaillons.

Damos réprima un sourire satisfait. En tant que sponsor potentiel des fouilles, ses désirs étaient des ordres.

Kassia Andrakis devint encore plus écarlate.

— Euh…

Décidément, son vocabulaire était limité, songea-t-il avec dérision avant de la prendre par le coude.

— Venez, montrez-moi. Tout ça est fascinant.

Elle lui lança un coup d'œil. Qui contre toute attente n'était pas intimidé mais suspicieux.

— C'est la première fois que je viens sur un site de fouilles archéologiques, ajouta-t-il d'une voix suave.

Elle s'écarta légèrement de lui, l'obligeant à la lâcher.

— Pourquoi cette visite ?

Pourquoi semblait-elle soudain sur ses gardes ? Ce n'était pas du tout le but recherché... Au contraire.

— J'envisage d'en sponsoriser un, répondit-il en se dirigeant vers la tranchée sur laquelle elle travaillait.

— Pourquoi ?

Il se retourna et lança d'un ton désinvolte :

— C'est déductible des impôts.

La réprobation se lut aussitôt sur le visage de la jeune femme.

— Pourquoi cet air réprobateur ? demanda-t-il sans lui laisser le temps de s'exprimer. Ne trouvez-vous pas intéressant qu'une entreprise investisse ses bénéfices dans des opérations utiles à la communauté ?

Il descendit avec précaution dans la tranchée peu profonde.

— Allez, montrez-moi ce que vous faites.

Plusieurs têtes s'étaient tournées vers eux, constata-t-il. En particulier celle d'une blonde pulpeuse qui le considérait avec une convoitise non dissimulée. Il s'accroupit à côté de Kassia Andrakis.

— Attention à vos chaussures, dit-elle d'un ton vif. La poussière envahit tout.

— Merci de me prévenir, murmura-t-il en ramassant la truelle et en la lui tendant.

Elle la prit mais il sentit sa réticence.

— Je ne sais vraiment pas pourquoi ça vous intéresse... Vous n'avez pas besoin de connaître le travail des techniciens sur le terrain pour sponsoriser un chantier de fouilles. Ce serait dommage de vous salir les mains.

Elle lui lança un regard éloquent. Selon elle, un homme en costume et chaussures sur-mesure n'était pas à sa place accroupi dans la poussière d'une tranchée de fouilles.

— Il m'est déjà arrivé de me salir les mains, croyez-moi, rétorqua-t-il d'un ton plus crispé qu'il ne l'aurait voulu.

Que la fille d'un des hommes les plus riches de Grèce, née avec une cuillère d'argent dans la bouche même si elle trimait aujourd'hui, se permette de le critiquer... C'était horripilant.

Elle indiqua un léger renflement du sol.

— Il y a sans doute quelque chose là-dessous. Mais il faut prendre beaucoup de précautions. Comme ça...

Elle frotta doucement la terre séchée du bout de la truelle, puis écarta la poussière obtenue à l'aide d'une brosse. Damos vit alors apparaître la courbe d'une poterie.

— C'est la première fois que ce fragment de céramique est exposé à la lumière du soleil depuis plus de trois mille ans, dit Kassia Andrakis.

Quelle était cette note étrange dans sa voix ? Damos la considéra un instant avec perplexité puis il comprit. C'était de la révérence. Elle regardait ce morceau de poterie comme si c'était une icône religieuse.

— Trois mille ans, répéta-t-elle sur le même ton en levant les yeux vers lui. Imaginez ça. Imaginez cette période si ancienne. Un monde aussi dynamique que le nôtre, riche en voies de communication, en créations artistiques et artisanales, en découvertes...

Il prit conscience que c'était la première fois qu'elle le regardait en face. Et que ses yeux étaient gris-bleu. Avec des reflets argentés... Elle indiqua l'ensemble du site avec sa truelle.

— Cet endroit représente juste une infime partie de ce monde. De cette civilisation qui a connu une fin tragique il y a trois mille ans et dont une grande partie est irrémédiablement perdue. C'est pour cette raison que nous devons faire tout notre possible pour préserver ce qui en reste.

— Une fin tragique ? répéta-t-il, surpris de constater que sa curiosité était piquée.

Elle hocha la tête.

— Oui, l'effondrement de l'âge du bronze en Méditerranée orientale a été très soudain et marqué par la destruction de palais, le déclin de la culture, l'appauvrissement de la population... Ce fut une période obscure, très obscure.

Damos se releva.

— Racontez-moi tout ça en détail. Ce soir. Au dîner.

Sans attendre de réponse, il quitta la tranchée et rejoignit le Dr Michaelis à proximité des tables. Ce dernier lui lança un regard plein d'espoir.

— Fascinant, commenta Damos. Si fascinant que j'aimerais demander à votre jeune collègue de m'en dire davantage. Ce soir. Au dîner.

Le Dr Michaelis ouvrit la bouche, puis la referma.

— Je connais le père de Kassia, ajouta Damos avec un léger sourire. Il m'avait dit que je la verrais peut-être ici.

C'était faux bien sûr, mais quelle importance ? Et il n'avait pas menti sur tout. Il connaissait un peu Yorgos Andrakis. Après tout, ils fréquentaient les mêmes cercles à Athènes. Le visage du Dr Michaelis s'éclaira.

— Ah, d'accord. Et pour l'instant, y a-t-il autre chose que je peux vous montrer ? Il suffit de le demander !

Damos eut un sourire poli.

— Merci, mais ce que j'ai vu est déjà très impressionnant. Je suis heureux d'avoir eu l'occasion de venir ici. Je me rends à Istanbul pour affaires, et ce léger détour s'est révélé très fructueux.

Il serra la main du Dr Michaelis et s'éloigna. Alors qu'il s'apprêtait à sortir de la zone protégée par un cordon de sécurité, il jeta un coup d'œil derrière lui. Sans surprise, la blonde voluptueuse l'observait à la dérobée. Contrairement à Kassia Andrakis, qui était de nouveau concentrée sur son travail. Il réprima une moue de dérision. Elle l'ignorait peut-être pour l'instant, mais ça ne l'empêcherait pas de finir dans son lit.

Réprimant un sourire satisfait il regagna sa voiture, garée sur le chemin qui traversait l'oliveraie au-delà du chantier. Il monta à l'arrière, soulagé de retrouver la climatisation. Il sortit de la poche intérieure de sa veste son stylo en or, ainsi qu'un étui en argent, tous deux monogrammés. Il sortit de ce dernier une carte de visite. Après avoir griffonné quelques mots sur celle-ci, il la tendit à son chauffeur.

— Portez ça à la femme qui se trouve dans la première tranchée. Pas la blonde. Celle en T-shirt moutarde.

Se laissant aller contre le dossier, il ferma les yeux. Prochaine étape de cette entreprise de séduction, dîner à bord de son yacht. Et ensuite… Il devrait improviser en fonction des circonstances. Beaucoup d'argent était en jeu pour lui. Quant à Kassia Andrakis... Elle passerait de bons moments avec lui. Comme toutes les femmes. Pourquoi ferait-elle exception ? Elle apprécierait ses attentions.

Il plissa le front. Il y avait quelque chose de... perturbant chez cette jeune femme. En temps normal, ce n'était pas le genre de personne qu'il cherchait à attirer dans son lit. Intellectuelle et pas du tout glamour. Bien sûr, elle avait travaillé toute la journée dans la chaleur et la poussière. Elle pouvait difficilement être à son avantage. Mais ce n'était pas tout. Elle semblait... effacée. Était-ce bien le mot ? Elle était grande mais voûtée. Pas seulement parce qu'elle travaillait à genoux penchée vers le sol, mais comme si elle essayait de dissimuler sa haute taille en courbant les épaules. Et ses cheveux pleins de poussière, tirés en arrière et attachés n'importe comment sur la nuque n'arrangeaient rien. Et cet air gauche... Jusqu'à ce qu'elle se lance dans ce plaidoyer vibrant pour la préservation des vestiges du passé. Son regard s'était éclairé. À tel point qu'il avait remarqué ses yeux pour la première fois. Gris-bleu avec des reflets argentés. Étonnant...

Le retour de son chauffeur interrompit le cours des pensées de Damos. Tandis que la voiture démarrait, il chassa Kassia Andrakis de son esprit et sortit son téléphone de sa poche pour consulter ses messages.

2

Kassia était assise sur le lit dans sa chambre, à la pension où étaient logés les membres de l'équipe de fouilles. Elle regardait la carte de visite qui lui avait été remise dans l'après-midi par un chauffeur à casquette. Sur une île comme celle-ci, la présence d'un chauffeur – surtout à casquette – semblait pour le moins incongrue. Mais il était vrai que l'homme qui lui avait adressé cette carte détonnait encore plus... Costume et chaussures sur-mesure, cravate en soie, montre en or... toute la panoplie ! Mais au moins, à présent elle savait qui c'était.

Damos Kallinikos. Ce nom ne lui disait rien. D'après le Dr Michaelis il connaissait son père, raison pour laquelle c'était elle qu'il invitait à dîner ce soir plutôt que le responsable des fouilles. Du moins c'était ce que le Dr Michaelis et elle supposaient. Quelle autre raison aurait-il eu de la choisir ? Elle n'était pas le genre de femme que les hommes superbes invitaient à dîner pour ses beaux yeux. Elle ne le savait que trop bien.

Quant à l'entreprise que dirigeait Damos Kallinikos, elle n'en avait jamais entendu parler non plus. Nouveau riche, apparemment. Fortune née de la crise financière qui avait affecté la Grèce au début du siècle. Si un nombre incalculable de vies avaient été brisées, des vautours avaient profité de l'occasion pour spéculer aux dépens des sociétés en difficulté. Son père, par exemple, avait accru sa fortune déjà considérable en rachetant à très bas prix les titres d'entreprises au bord de la faillite. Et il avait remis ça récemment quand la pandémie avait failli faire sombrer l'industrie touristique. Les pertes subies par les hôtels désertés et autres victimes du confinement avaient été converties par ses soins en sources de profit personnel.

Damos Kallinikos avait-il employé les mêmes méthodes ? Même si ce n'était pas le cas, elle entendait encore sa voix quand il avait justifié sa volonté d'effectuer des investissements utiles à la communauté par le fait qu'ils étaient « déductibles des impôts ». Cependant, elle entendait encore également la voix pleine d'espoir du Dr Michaelis.

« Kassia, je vous serais très reconnaissant si vous acceptiez l'invitation à dîner de M. Kallinikos et si vous faisiez de votre mieux pour le convaincre de sponsoriser des fouilles. Cette discussion pourrait bien nous assurer une deuxième saison l'année prochaine. »

Elle soupira. Eh bien elle allait faire de son mieux, même si cette perspective la mettait mal à l'aise. Pas parce qu'elle craignait de manquer d'arguments, mais pour une tout autre raison. L'image de Damos Kallinikos était gravée dans son esprit. Jamais elle n'avait vu un homme aussi beau… Si beau qu'elle en avait rougi comme une gamine. Kassia fit la grimace. Quelle importance que Damos Kallinikos soit beau ? Un homme comme lui ne pouvait pas s'intéresser à une femme comme elle. Une femme totalement dépourvue de ce pouvoir de séduction que possédait par exemple quelqu'un comme Maia. Son père ne lui avait-il pas seriné ça toute sa vie ?

« Regarde-toi ! Tu es maigre comme un clou ! Et ce n'est pas ton visage qui risque de détourner l'attention des hommes de ce corps squelettique ! Ta mère m'a coûté une fortune quand je me suis débarrassé d'elle, mais au moins elle était belle ! »

Kassia soupira de nouveau. Son père avait raison. Petite et pulpeuse, sa mère avait le visage en forme de cœur, les yeux indigo et les cheveux blonds et bouclés. Alors qu'elle… Son physique était un motif de plainte constant pour son père.

« Aucun homme ne voudra jamais de toi ! À part pour mon argent et pour ce que je suis ! »

Mais après tout, elle devrait être reconnaissante que son physique la préserve des machinations de son père. Si elle avait ressemblé à Maia il l'aurait exhibée dans tout Athènes. Il aurait cherché à la marier à l'homme qui lui aurait été le plus utile en tant que gendre. Au lieu de ça il préférait qu'elle reste loin de lui à creuser la terre, sauf les rares fois où il la convoquait à Athènes parce qu'il estimait sa présence nécessaire à son côté lors d'un événement ou un autre. Elle se rendait toujours à ces convocations, et pour cause. Il sponsorisait le musée provincial pour lequel elle travaillait et en cas de refus il n'hésiterait pas à lui créer des problèmes.

Kassia baissa les yeux sur la carte qu'elle tenait à la main. Encore une convocation. Au dos, Damos Kallinikos avait simplement écrit :

La marina, 20 heures.

Si seulement c'était Maia qui était convoquée… Celle-ci n'avait pas caché qu'elle l'enviait d'avoir été invitée à dîner par le superbe Damos Kallinikos. Kassia se leva en soupirant. Il était temps de se préparer, sans trop penser à la soirée qui l'attendait. Et encore moins à l'homme superbe qui l'avait invitée. Elle était la dernière personne au monde à laquelle il pourrait s'intéresser.

Oui, il valait beaucoup mieux ne pas penser à lui…

Damos consulta sa montre. 20 heures pile. Il se trouvait sur le pont avant et juste derrière lui une table était dressée pour deux. Amarré au fond de la marina, le yacht était assez isolé des autres pour offrir un coin intime propice à une entreprise de séduction. Comment Kassia Andrakis allait-elle se présenter ce soir ? Même si elle n'était pas du genre à porter des tenues haute couture, la fille de Yorgos Andrakis savait forcément comment s'habiller pour une soirée sur un yacht. Avait-elle fait des efforts pour se mettre en valeur ? Son instinct lui disait que la réponse à cette question était « non ».

Quand il la vit apparaître sur le quai quelques instants plus tard, il put constater que ce dernier ne le trompait pas. Elle s'était changée mais seulement pour mettre un autre pantalon large bas de gamme en coton marine et un haut ample en coton d'un bleu un peu plus clair. Ses baskets poussiéreuses avaient été troquées contre des espadrilles. Elle s'était recoiffée, mais ses cheveux étaient toujours emprisonnés dans un chignon bas peu flatteur. Et pas une trace de maquillage.

Quelle importance ? Après tout, pour elle ce dîner n'était qu'une prolongation de sa journée de travail. Malgré tout… Y avait-il une autre raison à cette absence totale de coquetterie ?

Peu de femmes se moquaient à ce point de leur apparence. Si Kassia Andrakis en faisait partie, c'était peut-être dû à son nom. Si elle était une beauté en vue, Yorgos Andrakis chercherait sans aucun doute à en tirer parti. Peut-être préférait-elle rester discrète ?

Damos pinça les lèvres. Discrète ou pas, Yorgos Andrakis avait de toute façon l'intention de se servir d'elle.

Comme toi...

Oui, s'il voulait séduire Kassia Andrakis c'était par intérêt. Mais il ne lui imposerait rien. Et il ferait en sorte que leur aventure soit une expérience agréable pour elle. Alors pourquoi éprouvait-il tout à coup comme un sentiment de malaise ? Il chassa cette question de son esprit alors que Kassia Andrakis arrivait au pied de la passerelle.

— Le capitaine du port m'a dit que ce yacht était à vous.

— En effet, répliqua-t-il en souriant. C'est une nouvelle acquisition. Montez à bord, je vous en prie.

Elle le rejoignit sur le pont et promena son regard autour d'elle avant de déclarer d'un ton poli :

— Très beau.

— Merci. Mais beaucoup moins que celui de votre père, bien sûr.

Elle eut une moue dédaigneuse.

— Le sien est une monstruosité !

— Un signe extérieur de réussite ? Peut-être... Mais l'héliport doit être pratique pour aller et venir rapidement quand le besoin se fait sentir. Cependant, chacun son truc. Je préfère me contenter de quelque chose d'un peu plus modeste.

— « Modeste », c'est relatif. Tous les yachts sont prétentieux.

— Des jouets pour hommes riches ? Je suis d'accord, acquiesça-t-il avec un sourire.

Pas question de s'offenser. Il indiqua la table, auprès de laquelle un steward se tenait prêt à faire le service.

— Venez prendre un verre sur ce jouet neuf d'un homme riche. Que puis-je vous offrir ? En principe le champagne est de rigueur sur les yachts... même modestes ! Mais vous préférerez peut-être autre chose ?

— Un spritz orange, si c'est possible.

— Bien sûr.

Damos fit un signe au steward, qui disparut et revint quelques minutes plus tard avec le spritz de Kassia dans un grand verre et un martini pour lui. Il prit les deux verres et tendit le sien à Kassia avant de déclarer :

— Nous dînerons dans un quart d'heure.

Le steward hocha la tête et disparut de nouveau.

Kassia but une gorgée de spritz en promenant son regard sur la marina, animée sans qu'il y ait foule. Les lumières rouges et vertes du port, ainsi que celles des restaurants et des bateaux dansaient sur l'eau, tandis que les drisses cliquetaient contre les mats sous la brise légère.

— Il n'y a rien de tel qu'un port, déclara Damos d'un ton léger. C'est à la fois un refuge et une ouverture sur la mer. Un endroit plein de promesses de voyage et d'aventure. Depuis toujours et pour les siècles à venir.

À sa grande satisfaction, Kassia tourna la tête vers lui. Il lui sourit.

— Trop romanesque de la part d'un homme d'affaires intraitable qui ne voit dans l'archéologie qu'un moyen de réduire ses impôts ?

Elle ne répondit pas mais elle l'étudiait à la dérobée avec

une perplexité manifeste. Cependant, sa méfiance restait perceptible. Il but une gorgée de martini avant de demander :

— À quoi ressemblait la navigation maritime à l'âge du bronze ?

Après tout, cette soirée était censée lui permettre d'en apprendre davantage sur les recherches qu'elle effectuait, afin qu'il puisse décider s'il sponsorisait de prochaines fouilles.

— Elle était très développée sur la Méditerranée, pour les besoins du commerce. Comme vous le savez sans doute la région était riche en cuivre, composant essentiel du bronze. « Kypros », Chypre en grec, veut d'ailleurs dire « cuivre ». En revanche, l'étain devait être importé de pays plus lointains.

Le ton de Kassia était crispé, constata-t-il. Mais s'il continuait à l'inciter à parler de ce qui l'intéressait, elle devrait se détendre petit à petit.

— Sur quel genre de bateaux naviguait-on à cette époque ?

— Ce n'est pas mon domaine, mais si ce sujet vous intéresse réellement je peux vous orienter vers des spécialistes du sujet, répondit-elle, visiblement dubitative. En général, les Mycéniens – ainsi que les Minoens et tous les peuples de Méditerranée orientale – ne connaissaient pas le compas. Ils se guidaient grâce aux étoiles et au soleil, ainsi qu'avec la distance connue par rapport au rivage, la vitesse et la direction.

— Navigation à l'estime ? En effet, jusqu'au XVIIIe siècle il était plus compliqué de déterminer la longitude que la latitude. On ne disposait pas d'instruments de mesure du temps assez précis. Et à quoi ressemblaient les bateaux ?

— C'étaient des bateaux cousus, dont la coque était constituée de planches ou de peaux assemblées à l'aide de liens. Ils étaient propulsés par des pagaies. Je crois que les voiles étaient très rares à l'époque.

— Il a fallu attendre l'apparition de la voile latine, triangulaire, plusieurs siècles plus tard, pour que les bateaux puissent remonter le vent au près plus facilement.

— Vous semblez vous y connaître, déclara Kassia avec une curiosité manifeste.

Il esquissa un sourire.

— J'ai grandi au Pirée et j'ai pris la mer dès que j'ai pu. J'ai travaillé sur des cargos et aussi sur ces yachts prétentieux que vous méprisez tant. C'est d'ailleurs cette expérience qui m'a donné envie de devenir assez riche pour en posséder un.

— Et vous avez atteint votre objectif, apparemment.

— Oui, en effet. Je ne possède pas seulement un yacht mais toute une flotte qui comprend à la fois des bateaux de plaisance et des navires marchands.

Il indiqua la marina.

— Au moins deux de ces yachts m'appartiennent. Je les loue. Mais bien sûr, comme votre père, je diversifie mes investissements. Ah ! Le dîner arrive.

Il avança une chaise à Kassia avant de s'asseoir en face d'elle. Puis il échangea quelques mots avec le steward, qui s'éclipsa après avoir déposé un plateau de fruits de mer sur la table et mis une bouteille de vin dans le seau à glace.

— Mangez-vous des fruits de mer ? demanda-t-il. Si vous préférez un plat végétarien, on peut vous en apporter un.

— Non, merci.

Contrairement à la plupart des femmes qu'il fréquentait, elle ne chipotait pas, constata-t-il quand ils se furent servis. De toute évidence elle ne comptait pas les calories. Elle n'avait d'ailleurs aucune raison de le faire. Malgré ses vêtements amples on devinait qu'elle était mince. Et à présent que son visage n'était plus enflammé ni couvert de poussière, il apparaissait qu'elle avait les traits délicats. Dommage qu'il ne voie pas ses yeux, baissés sur son assiette. Avaient-ils vraiment des reflets argentés ou bien l'avait-il juste imaginé ? Et à quoi ressemblait-elle quand ses cheveux étaient libérés de ce chignon rébarbatif ? Et quand elle était débarrassée de ses vêtements ? Contre toute attente, il avait envie de le savoir.

La plupart des femmes invitées à dîner en tête à tête sur son yacht s'habillaient et se maquillaient avec le plus grand soin. Et si elles envisageaient de prolonger la soirée par une nuit dans sa cabine, elles n'hésitaient pas à le suggérer.

Kassia Andrakis n'avait fait aucun effort de toilette, elle n'avait pas pris la peine de se maquiller, et rien dans son attitude ne suggérait qu'elle envisageait que la soirée se prolonge au-delà du dîner. Certes elle se détendait peu à peu, mais sans montrer un seul signe d'intérêt à son égard. Manifestement, elle ne voyait en lui qu'un sponsor potentiel. Absolument rien ne suggérait qu'elle le trouvait séduisant.

Devrait-il s'en inquiéter ? Non. Elle avait beau être imperturbable ce soir, sa réaction initiale sur le site des fouilles avait été révélatrice. Il ne lui était pas indifférent. Il n'y avait aucun doute à ce sujet. Cependant, chercher à la séduire dès maintenant serait une grossière erreur. Non seulement ce serait le meilleur moyen de la braquer, mais cela risquerait d'éveiller ses soupçons.

Parce qu'une chose était évidente. Kassia Andrakis n'était pas une idiote. Pas seulement parce qu'elle était archéologue et visiblement très compétente. Dès le début elle avait été prête à mettre en doute son intérêt pour l'archéologie et son intention de sponsoriser des fouilles. Dissiper sa méfiance allait demander une certaine finesse. Et pour la séduire il ne pourrait pas se contenter de la couvrir de compliments.

Oui, cette entreprise va me demander des efforts.

Damos réprima un sourire. Il avait toujours trouvé les difficultés très stimulantes. Sa vie tout entière en était la preuve. Né dans la pauvreté, c'était à force de détermination et de travail acharné qu'il avait réussi à devenir riche. Kassia Andrakis n'était pas son genre de femme, elle n'était ni élégante ni sophistiquée, elle ne manifestait aucun intérêt pour lui, mais la séduire serait peut-être plus excitant que prévu…

Kassia sentait sa méfiance se dissiper peu à peu. Il fallait reconnaître que Damos Kallinikos était courtois et peut-être moins superficiel qu'elle ne l'avait d'abord cru. Il alimentait la conversation et continuait à lui parler de son expérience comme matelot sur des yachts.

— Par certains aspects, c'était plus dur que de travailler sur des navires marchands, dit-il d'un ton pince-sans-rire. Parce qu'on était de garde vingt-quatre heures sur vingt-quatre et que les riches peuvent être des employeurs très exigeants.

Elle hocha la tête en faisant la grimace. Son père n'avait aucune considération pour les gens qui travaillaient pour lui. Il ne lui viendrait jamais à l'idée de les remercier ni d'indiquer qu'il appréciait leurs efforts. Damos Kallinikos, en revanche, disait s'il vous plaît et merci aux membres de son équipage. Il échangeait même des plaisanteries avec eux. C'était à mettre à son crédit, non ? Elle l'observa un instant puis détourna les yeux. Elle ne le regardait pas beaucoup ni jamais très longtemps et elle savait exactement pourquoi… Il ne manifestait pas le moindre intérêt pour elle en tant que femme – comme tous les autres hommes – cela ne l'empêchait cependant pas d'être très séduisant. Très très séduisant…

Mais inutile d'y penser. Inutile de s'attarder sur ses épais cheveux noirs ni sur ses yeux bruns protégés par de longs cils noirs eux aussi. Et encore moins sur sa bouche et ce sourire narquois qu'il esquissait en lui parlant des exigences extravagantes d'un propriétaire de yacht.

On leur servit le plat de résistance, des émincés de poulet au vin blanc et du riz au safran. Distraitement, elle prit le verre de vin que Damos venait de lui servir et but une gorgée.

— Comment le trouvez-vous ? demanda-t-il.

— Il est très bon. Mais je ne m'y connais pas en vin. Qu'est-ce que c'est ?

— Un viognier. Un cépage cultivé dans un de mes vignobles, qui donne de très bons résultats sur le sol volcanique de la région.

— Un de vos vignobles ?

— Oui. La viticulture est un des secteurs dans lesquels j'investis autant par plaisir que pour réaliser des profits. Je m'intéresse particulièrement à la production de vins locaux. Le vin grec mériterait d'être mieux connu à l'international.

— Le retsina éclipse tous les autres ?

— En effet. Mais il a sa place. Comme, bien sûr, les vins destinés à une consommation locale, peu chère.

Kassia eut un sourire ironique. Le premier de la soirée, songea-t-elle avec surprise.

— Sur les chantiers de fouilles, le soir nous devons nous contenter de vins de tables locaux et de bière.

Elle lut de la curiosité dans le regard de Damos.

— Vous vous adaptez sans trop de problèmes ? Ça ne doit pas être si évident pour la fille de Yorgos Andrakis de travailler à genoux les mains dans la terre.

Après une hésitation, elle répondit en choisissant ses mots avec soin.

— Je ne passe pas beaucoup de temps à Athènes, ni dans la peau de la fille de Yorgos Andrakis. Par ailleurs, je ne suis pas en permanence sur les chantiers. Hors saison, je travaille dans un musée régional. J'étudie et je catalogue les vestiges découverts, je rédige des comptes rendus, je collabore à des journaux, je vais à des conférences... ce genre de choses.

— Rien à voir avec la vie de la jet-set.

Elle secoua la tête.

— Ce n'est pas mon truc. Et comme je n'ai pas le sens des affaires, tout ce que je pourrais faire en tant que fille de Yorgos Andrakis ce serait d'aller dans des réceptions, de dépenser son argent... en d'autres termes, avoir un rôle décoratif. Mais... je ne suis pas « décorative ». Alors je préfère me rendre utile en creusant la terre pour découvrir des morceaux de poterie à cataloguer.

Une lueur étrange s'était allumée dans les yeux de Damos Kallinikos et son regard avait quelque chose de troublant. Pourquoi ? Elle n'en savait rien, mais elle était troublée... Elle but une gorgée de vin et mangea une nouvelle bouchée de poulet avant de poursuivre.

— En parlant de déterrer des morceaux de poteries... que souhaitiez-vous savoir au sujet de notre chantier ? Allez-y, bombardez-moi de questions. Après tout, c'est pour ça que je suis ici.

— En effet...

La lueur troublante s'alluma de nouveau dans les yeux de Damos Kallinikos, mais elle disparut presque aussitôt.

— Très bien. Laissez-moi revenir sur un point que vous avez mentionné cet après-midi. Vous avez parlé de l'effondrement de l'âge du bronze. J'ignorais que ce dernier s'était effondré. Pourquoi et quand ?

Elle se détendit. Rien de tel que de se retrouver en terrain familier.

— Le « quand » est attesté par les preuves archéologiques. Vers 1200 av. J-C. Le « pourquoi » est plus controversé.

Elle prit de nouveau son verre. Ce vin était décidément très bon après les vins de table qu'elle avait l'habitude de boire sur les chantiers.

— Des mouvements de population se produisent et des sites sont détruits, comme le célèbre palais royal mycénien. C'est la fin du système palatial. L'écriture linéaire B disparaît et le grec écrit ne réapparaît qu'à l'adoption et l'adaptation de l'alphabet phénicien, aux environs du Xe siècle av. J-C. Le puissant empire hittite, dont l'emplacement correspond à la Turquie actuelle, disparaît également et le commerce s'effondre. Il y a des changements démographiques importants dus soit à des invasions extérieures soit à des problèmes économiques. C'est l'époque des migrations des mystérieux peuples de la mer, dont on sait toujours peu de choses aujourd'hui. C'est sans doute également à cette époque qu'a eu lieu la légendaire guerre de Troie…

Kassia reprit son souffle avant de poursuivre avec de plus en plus d'enthousiasme, énumérant les diverses causes possibles de l'effondrement depuis les mouvements de population jusqu'aux théories plus récentes d'un changement climatique et du développement de la métallurgie du fer.

Elle abordait les différences entre l'extraction par fusion du cuivre et de l'étain et celle du fer quand elle s'interrompit brusquement. Damos Kallinikos avait fini de manger et il s'était calé dans son siège, son verre à la main et les paupières mi-closes. De toute évidence, elle l'ennuyait à mourir.

— Je suis désolée. C'est passionnant pour moi, mais...

Il leva la main.

— Ne vous excusez pas. Je vous ai posé une question et vous avez répondu. Je suis fasciné.

L'espace d'un instant elle eut le sentiment horrible qu'il se moquait d'elle. Mais il se pencha en avant.

— Votre visage s'illumine quand vous parlez avec une telle passion.

Son regard plongea dans le sien.

Elle se figea. Incapable de bouger un seul muscle.

Damos réprima un cri de triomphe.

Premier contact. Premier véritable contact entre eux.

Et tout ça à propos de l'effondrement de l'âge du bronze...

Et alors ? Peu importait le moyen à utiliser pour qu'elle s'anime enfin. Il continua de la regarder dans les yeux pendant un moment. Et il fut assailli par une sensation étrange. Une sensation inattendue. Était-ce à cause des reflets argentés de ces yeux gris-bleu ? Mais il était temps de rompre le contact. Ça faisait partie de l'approche subtile qu'il fallait adopter avec elle.

— Vous savez, si votre intention était de lancer un message publicitaire destiné à me convaincre de sponsoriser des fouilles, vous venez d'atteindre votre cible.

Il avait soigneusement dosé le mélange d'humour et de

sérieux dans sa voix, mais en réalité il n'avait pas eu besoin de se forcer. Il venait de parler avec sincérité, constata-t-il avec surprise.

— Ne vous arrive-t-il pas de trouver… inhabituel… de se passionner à ce point pour quelque chose qui n'existe plus depuis des millénaires ? demanda-t-il avec une curiosité tout aussi sincère.

Kassia Andrakis ne ressemblait à aucune femme de sa connaissance et il fallait reconnaître que c'était assez excitant.

— Je ne sais pas, répliqua-t-elle d'un air songeur. Après tout, les gens qui vivaient à cette époque, même si elle nous paraît très lointaine, étaient comme nous. Ils vivaient leur vie du mieux qu'ils pouvaient. À notre image.

— C'est une ambition compréhensible. Elle a sans aucun doute alimenté ma détermination à ne pas rester pauvre et à apprécier tout ce que la vie peut offrir.

Après un silence, il finit par détourner le regard pour jeter un coup d'œil à la bouteille dans le seau.

— En parlant d'apprécier tout ce que la vie peut nous offrir… ce vin va se perdre si nous ne le buvons pas.

Il remplit leurs verres. En réalité, s'il restait du vin son équipage en profiterait. C'était un des à-côtés du métier et il n'était pas question de les en priver.

— Vous arrive-t-il d'aller à Istanbul pour votre travail ? demanda-t-il d'un ton léger. J'y pars demain.

— Non, j'ai visité Hissarlik, le site archéologique de Troie, mais je ne suis jamais allée à Istanbul.

Et s'il l'invitait à l'accompagner ? Il rejeta aussitôt cette idée. C'était prématuré. Ce soir il valait mieux se contenter de préparer sa prochaine rencontre avec elle. Où et quand, ça restait à définir. Une chose était sûre, cependant. Quand il passerait aux choses sérieuses, il ne choisirait pas la Grèce et surtout pas Athènes. Il avait l'intention de garder leur liaison secrète. Très secrète. Jusqu'à ce qu'il juge le moment propice pour qu'elle soit connue de tous. Et en particulier de Cosmo Palandrou.

Ce jour-là, il aurait déjoué les plans de Yorgos Andrakis. Ce dernier n'aurait rien à offrir à Cosmo. Rien que ce dernier accepterait. Damos réprima une moue de dérision. Non, Cosmo Palandrou ne voudrait plus de la fille de Yorgos Andrakis pour épouse. Pas une fois qu'il saurait – comme tout Athènes ! – qu'elle avait été la maîtresse de Damos Kallinikos. Ce serait pour lui un affront insupportable… et le rachat de sa société par Andrakis tomberait à l'eau.

Alors j'aurai le champ libre.

Mais il n'en était pas encore là. D'abord, il devait mettre Kassia Andrakis dans son lit. En procédant par étapes.

— Voyagez-vous beaucoup pour votre travail ? demanda-t-il.

— J'assiste parfois à des conférences à l'étranger. Quand il y en a une au Royaume-Uni j'en profite pour rendre visite à ma mère qui vit en Angleterre.

Intéressant, songea-t-il. Il fallait surveiller les conférences archéologiques programmées au Royaume-Uni.

— Vos parents sont divorcés, je crois… ?

— Oui, ma mère est anglaise et elle s'est remariée. Contrairement à mon père. Aucun des deux n'a eu d'autres enfants.

Kassia eut une moue ironique.

— Je pense que ma mère a préféré préserver sa silhouette. Et mon père ne voulait pas risquer un nouveau divorce avec pension astronomique à la clé !

— Tous les hommes riches craignent d'être épousés pour

leur argent. Je suis devenu beaucoup plus populaire auprès des femmes depuis que je gagne de l'argent.

Que lui prenait-il de dire ça ? se demanda-t-il aussitôt. Il n'était pas là pour parler de lui.

— Je comprends, commenta Kassia. Même moi – incroyable ! – j'ai du succès juste à cause de mon père !

Damos se détendit. Parfait. En parlant de lui il l'avait incitée à parler d'elle. Rien de tel pour créer de la complicité. Il feignit la surprise.

— Pourquoi « incroyable » ?

— Pour quelle autre raison s'intéresserait-on à moi ? répliqua-t-elle en le regardant droit dans les yeux.

Puis elle laissa échapper un petit rire qui ne semblait pas amer mais plutôt empreint d'une résignation mêlée d'ironie.

— Tout le monde n'est pas assez fasciné par l'âge du bronze pour avoir envie de dîner avec moi, monsieur Kallinikos !

Le terrain devenait glissant… Il était temps de changer de sujet, décida-t-il. Mais avec élégance et humour.

— Ou assez désireux de trouver un coin de paradis fiscal pour ses bénéfices, ne l'oubliez pas !

À sa grande satisfaction il eut droit à un sourire amusé. Malgré tout, il ne pouvait s'empêcher de s'interroger. Qu'elle ne s'attende pas à ce que les hommes s'intéressent à elle était-il positif pour lui ou pas ? Ne risquait-elle pas d'être d'autant plus soupçonneuse s'il manifestait de l'intérêt pour elle ? Et n'était-il pas triste qu'elle se considère comme incapable de plaire aux hommes ? *Aucune femme ne devrait penser ça*. Chassant cette pensée de son esprit, il demanda.

— Avez-vous grandi en Angleterre ?

— En grande partie, oui. Je suis allée en pension, puis à

l'université. Malgré tout j'ai toujours parlé grec, ce qui m'a été utile pour ma carrière, bien sûr.

Le steward apparut, emporta les assiettes et revint avec plusieurs desserts.

— Qu'est-ce qui vous tente ? demanda Damos.

Il avait commandé un grand choix de desserts, depuis un somptueux saint-honoré jusqu'à des fruits en passant par un plateau de fromages.

Kassia eut une moue faussement contrite. Elle était beaucoup plus détendue, nota-t-il avec une immense satisfaction. Il progressait...

— Forcément le gâteau, répliqua-t-elle. Comment pourrais-je résister ? Mais ensuite je prendrai un fruit pour compenser.

Il lui servit une part généreuse en riant, puis il la regarda déguster une première cuillère avec un plaisir non dissimulé. Une pensée s'imposa à lui.

Une femme qui savoure avec délectation un dessert est ouverte à d'autres plaisirs sensuels...

Mais pas question de précipiter les choses. Pour l'instant il fallait poursuivre la soirée comme ils l'avaient commencée. En bavardant, rien de plus.

Mais tôt ou tard, elle sera dans mon lit et mon plan aura réussi.

Par ailleurs séduire Kassia Andrakis, si différente de toutes les autres femmes qu'il avait connues, s'annonçait beaucoup plus excitant que prévu...

Dans son lit à la pension où était logée l'équipe de fouilles, Kassia ne parvenait pas à trouver le sommeil. Pourquoi ne cessait-elle pas de penser à la soirée qu'elle venait de passer à bord du yacht de Damos Kallinikos ? C'était ridicule. S'il l'avait invitée à dîner c'était uniquement pour en savoir plus sur son travail avant de décider s'il sponsoriserait de prochaines fouilles ou non. Mais elle avait beau se raisonner, impossible d'oublier le son de sa voix profonde et le regard attentif de ses yeux bruns. Impossible de fermer l'œil malgré l'évidence qu'elle se répétait inlassablement. Un homme comme lui – si beau qu'elle en était restée muette de saisissement quand elle l'avait vu pour la première fois au chantier – était totalement inaccessible pour une femme comme elle. Oh bien sûr, il avait été charmant. Le dîner avait été raffiné, le décor idyllique et il avait bavardé avec elle avec courtoisie, feignant même de s'intéresser à elle et à son goût pour l'archéologie. Mais il fallait rester lucide. Un homme comme lui ne pouvait pas éprouver la moindre attirance pour une femme comme elle.

Elle était allée à ce rendez-vous à reculons, mais contre toute attente elle avait fini par se détendre. Peut-être, paradoxalement, s'était-elle sentie à l'aise parce qu'elle n'avait aucune chance de lui plaire. Les femmes auxquelles s'intéressait Damos Kallinikos étaient sans doute aussi splendides que lui.

Rien à voir avec moi.

L'espace d'un instant elle éprouva une mélancolie inhabituelle. Oh ! elle savait qu'elle n'était pas séduisante et elle l'acceptait. D'ailleurs, elle l'avait même reconnu devant son hôte de la soirée. Pourtant… Posséder le genre de beauté sophistiquée qui attirerait le regard de cet homme… qui le pousserait à ne pas se contenter de la regarder… Stop. Espérer l'impossible ne servait à rien. À rien du tout.

Se remémorer en boucle cette soirée en tête à tête avec lui

n'était pas non plus très utile. Damos Kallinikos était entré brièvement dans sa vie et demain il partirait pour Istanbul, pendant qu'elle retournerait creuser la terre dans la chaleur et la poussière. Elle avait fait ce que le Dr Michaelis lui avait demandé. Elle avait plaidé avec succès la cause du chantier de fouilles auprès d'un sponsor potentiel, comme Damos Kallinikos le lui avait dit lui-même. La seule chose qu'elle pouvait espérer c'était qu'il agisse en conséquence. Quant à l'homme lui-même, il n'y avait aucune raison pour que leurs chemins se croisent de nouveau un jour. Absolument aucune. Alors ruminer ses regrets en se remémorant sans fin une soirée qui ne se renouvellerait pas ne rimait à rien.

Se tournant sur le côté, Kassia ferma les yeux, déterminée à dormir.

3

Damos s'installa confortablement dans son siège de première classe, d'excellente humeur. Il avait annoncé au Dr Michaelis qu'il avait décidé de sponsoriser la prochaine saison de fouilles et sa générosité avait été récompensée. Le Dr Michaelis lui avait donné volontiers des nouvelles de Kassia Andrakis quand il en avait demandé d'un ton désinvolte. Elle se trouvait en Angleterre, où elle rendait visite à sa mère avant de se rendre à Oxford pour assister à une conférence. Et, à présent, il se trouvait qu'il était en route lui aussi pour Oxford.

Presque trois semaines s'étaient écoulées depuis leur dîner en tête à tête sur son yacht et il était temps de passer à l'étape suivante. D'après ses informations, Yorgos Andrakis était en train de gagner la confiance de Cosmo Palandrou en passant beaucoup de temps avec lui. Damos plissa le front. Yorgos Andrakis voulait marier sa fille à Cosmo, mais pourquoi Kassia coopérerait-elle ? Après tout, elle avait une carrière et la vie mondaine ne semblait pas l'intéresser du tout. Pourquoi se plierait-elle à la volonté de son père et épouserait-elle un homme presque aussi répugnant que lui ?

Peu de gens tenaient tête à Yorgos Andrakis. Peut-être ce

dernier allait-il simplement harceler sa fille jusqu'à ce que céder soit plus facile pour elle que lui résister ? Auquel cas…

Auquel cas, avoir une aventure avec moi et par conséquent ôter l'envie à Cosmo de l'épouser serait profitable pour elle. Comme pour moi.

C'était une pensée réconfortante.

Kassia contemplait la réplique en plâtre du *kouros* de deux mètres de haut qui se dressait devant elle à l'Ashmolean Museum. Elle ne manquait jamais d'y faire un tour quand elle était à Oxford. C'était une façon agréable de passer l'après-midi avant le dîner d'inauguration de la conférence qui commençait le lendemain.

Elle était heureuse d'être en Angleterre. Pas seulement pour cette conférence, au cours de laquelle son ancien professeur interviendrait, ni parce qu'elle avait passé quelques jours avec sa mère, mais parce que c'était un changement d'air bienvenu. Malgré sa détermination, chasser de son esprit le souvenir du dîner sur le yacht de Damos Kallinikos se révélait beaucoup plus difficile que prévu. Il s'imposait régulièrement à elle avec une précision presque surnaturelle… À chaque fois c'était comme si Damos Kallinikos se trouvait de nouveau en face d'elle. Ce qui était vraiment ridicule. Presque trois semaines s'étaient écoulées depuis cette soirée. Il était sorti de sa vie.

— Ça doit être mon jour de chance. La personne idéale pour me donner des renseignements sur ce jeune homme monumental.

Kassia se figea. Cette voix… Elle se retourna, incrédule. Damos Kallinikos était là, devant elle.

— Qu'est-ce que… ?

Sa voix s'étrangla, tandis que son cœur battait à tout rompre.

— Que faites-vous ici ?

Damos Kallinikos sourit.

— La même chose que vous, il me semble. J'admire ce très beau jeune homme.

— Mais que faites-vous à Oxford ?

— Oh ! je suis ici pour affaires, répondit-il d'un ton désinvolte. Et vous ?

— Une conférence, répondit-elle machinalement. Elle commence aujourd'hui par un dîner d'inauguration, puis elle se poursuit pendant deux jours.

— Toujours au sujet de l'âge du bronze, je suppose.

Elle hocha la tête.

— Mon ancien professeur fait un exposé sur la stratégie militaire mycénienne.

— Encore un sujet auquel je ne connais rien, commenta Damos Kallinikos avec un sourire malicieux.

Il jeta un coup d'œil à la statue derrière elle.

— C'est comme ce garçon. Parlez-moi de lui. Pourquoi sourit-il comme ça ?

— Oh ! c'est le célèbre sourire archaïque. On le retrouve sur beaucoup de statues de cette époque, à partir des siècles obscurs qui ont suivi l'effondrement de l'âge du bronze jusqu'aux prémices de l'époque classique au Ve siècle avant notre ère. Durant l'époque archaïque, les statues étaient très statiques, probablement sous l'influence culturelle de l'ancienne Égypte. Seul le pied gauche était en avant. La sculpture grecque classique ne s'est vraiment répandue qu'à partir du Ve siècle avant notre ère…

La voix de Kassia s'éteignit. Elle débitait des banalités, elle le savait. Mais elle était si troublée... Elle sentit des doigts se refermer sur son bras.

— Fascinant, murmura Damos Kallinikos. Que peut-on voir d'autre dans ce musée ? J'y suis entré un peu par hasard parce que je suis descendu à l'hôtel qui se trouve en face.

Il l'entraîna vers des vitrines qui se trouvaient un peu plus loin.

— À quoi correspondent ces objets ?

Mécaniquement elle donna des explications, développant les indications données dans les notices descriptives. Les questions se bousculaient dans son esprit, lui donnant le vertige. Comment était-il possible que cet homme fasse une apparition aussi inattendue dans ce musée ? Comment se faisait-il qu'il soit à Oxford pour affaires au moment où elle s'y trouvait pour une conférence ? Et par quel hasard extraordinaire se trouvait-il dans le musée au même moment qu'elle ?

Les coïncidences, ça existe. Il arrive qu'on rencontre quelqu'un de sa connaissance à l'endroit et au moment où on s'y attend le moins.

Elle poursuivit malgré tout ses explications machinales, mais après deux autres vitrines il leva la main.

— Stop. Vous avez atteint le seuil de saturation de mon cerveau ! Il est temps d'aller prendre un thé.

— Un thé ? répéta-t-elle stupidement.

— Oui, le thé de l'après-midi. Mon hôtel en sert un très bon, d'après ce qu'on m'a dit. Venez. Vous devez mourir de soif après ce cours d'histoire que vous venez de me donner.

Elle sentit de nouveau des doigts se refermer sur son

bras et fut entraînée jusqu'à la sortie avant de retrouver l'air frais de la fin d'été.

— Voici mon hôtel, dit Damos Kallinikos en indiquant le bâtiment qui faisait face au musée.

Le plus cher d'Oxford, bien sûr. Pour la première fois depuis qu'il avait surgi derrière elle dans le musée, elle ne fut pas surprise. Mais tandis qu'ils traversaient la rue, les questions continuaient de tourbillonner dans son esprit. Par quel miracle venait-elle de croiser de nouveau Damos Kallinikos ? Et pourquoi prenait-il la peine de passer du temps avec elle ? Mais après tout, pourquoi ne prendraient-ils pas le thé ensemble ? Ils se connaissaient, même s'ils ne s'étaient vus qu'une seule fois. Et d'après ce que lui avait dit le Dr Michaelis, il avait décidé de sponsoriser la prochaine saison de fouilles. Peut-être était-ce la raison pour laquelle il lui avait de nouveau demandé des tas d'explications sur les objets exposés au musée.

Une fois qu'ils furent installés à table, ce ne fut cependant pas sur l'Antiquité qu'il l'interrogea.

— Vous connaissez bien Oxford ?

— Non. Je n'y viens que pour des conférences.

— Ce n'est pas ici que vous avez fait vos études ?

Elle laissa échapper un petit rire désabusé.

— Non, je n'ai pas fréquenté une université aussi prestigieuse ! J'ai étudié dans une université du nord du pays. Nettement *red brick*.

Il plissa le front.

— *Red brick* ?

— C'est le nom qu'on donne aux universités en brique rouge fondées entre le XIXe et le XXe siècle, longtemps après Oxbridge.

— Oxbridge ?

— Un mot-valise pour désigner Oxford et Cambridge, les deux plus anciennes et prestigieuses universités du Royaume-Uni. On est d'Oxbridge ou pas. J'appartiens à la deuxième catégorie. Mais il m'arrive d'assister à des conférences ici.

— Ça paraît très élitiste, commenta Damos avec une note réprobatrice dans la voix.

— Le milieu universitaire dans son ensemble est élitiste, si on y réfléchit. Et en faire partie est un privilège. Même si j'ai fait mes études dans une modeste université *red brick* et si je travaille dans un musée provincial en Grèce. À ce propos, le Dr Michaelis est enchanté que vous ayez décidé de sponsoriser la prochaine saison de fouilles.

— Eh bien, j'espère qu'il vous a remerciée pour les remarquables efforts que vous avez fournis dans ce but, lors de ce dîner !

— Je n'ai vraiment pas fait grand-chose, objecta-t-elle, embarrassée. Je vous ai juste ennuyé avec mon laïus sur l'âge du bronze.

— C'était loin d'être ennuyeux.

À sa grande consternation elle sentit ses joues s'enflammer sous le regard intense de Damos. Heureusement, le serveur arriva au même instant. En plus du thé, il déposa sur la table des mini-sandwichs, des *scones*, de la confiture, de la crème et des pâtisseries. Elle ouvrit de grands yeux.

— Je ne pourrai rien avaler ce soir au dîner inaugural si je mange tout ça ! plaisanta-t-elle.

— C'est appétissant, n'est-ce pas ? Faites-vous plaisir !

Elle se servit aussitôt. Comment résister ? Mais en plus

de la théière, le serveur posa ensuite sur la table deux verres de vin blanc.

— Pour fêter ça, dit Damos en lui en tendant un.

— Fêter quoi ?

Il eut un large sourire.

— Le thé de l'après-midi. Une des contributions majeures à la vie civilisée !

Elle pouffa. Et elle sentit de nouveau ses joues s'enflammer. Ce sourire... Cet homme était décidément... Impossible de trouver les mots. Mais ce feu sur ses joues, les battements frénétiques de son cœur et cette impression que son sang pétillait dans ses veines étaient très éloquents. Dire qu'elle était persuadée que leurs chemins ne se croiseraient plus jamais...

— À la vôtre ! dit-il en faisant tinter son verre contre le sien avec un nouveau sourire chaleureux.

Elle but une gorgée de vin, soudain tout étourdie. Quelle que soit la coïncidence extraordinaire qui avait ramené Damos Kallinikos dans sa vie, même si c'était juste pour prendre un thé, elle en était très très heureuse. C'était un moment à savourer pleinement.

Damos posa son verre et prit un petit sandwich. Tout se passait au mieux. Kassia était visiblement convaincue que leur rencontre était une pure coïncidence et elle avait accepté son invitation à prendre le thé. Elle était visiblement contente de le revoir et de passer un moment avec lui. La seconde étape était franchie. À présent il fallait poursuivre la progression. Pendant deux jours elle allait être prise par la conférence, mais ensuite... ? Le moment était venu de se faire une place dans son planning.

— Qu'avez-vous prévu de faire après la conférence ? Je crois me souvenir que l'autre soir vous m'avez dit que vous rendiez visite à votre mère quand vous étiez en Angleterre ?

Kassia était en train de déguster une tartelette. Son haut à manches longues et son pantalon étaient impeccables mais ils n'avaient rien d'excitant. Elle n'était pas maquillée du tout et ses cheveux étaient sobrement noués sur sa nuque. Pourquoi ne se mettait-elle pas davantage en valeur ? Elle avait pourtant un visage bien proportionné et des traits réguliers. Quant à ses yeux gris-bleu... leurs reflets argentés étaient fascinants.

— J'ai passé quelques jours avec elle avant de venir à Oxford. Elle vit dans les Costwolds, donc pas très loin d'ici.

— C'est une belle région, je crois.

Il s'était renseigné sur sa mère. Remariée à un industriel à la retraite, elle avait une vie sociale très riche et elle partait souvent en vacances. Avait-elle gardé des liens avec son ex-mari ? Il n'en savait rien et il valait mieux se montrer prudent. Pas question de prendre le risque que le bruit coure à Athènes qu'il était en relation avec la fille de Yorgos Andrakis. Par chance, d'après ses sources, la mère de Kassia devrait bientôt partir comme tous les ans à Estepona dans le sud de l'Espagne, où son mari avait une maison.

— Je ne connais pas très bien cette partie de l'Angleterre. En dehors d'Oxford et des Costwolds, qu'y a-t-il d'intéressant à voir ? J'ai des rendez-vous à Londres à la fin de la semaine prochaine, si bien que j'ai quelques journées libres pour faire du tourisme par ici ? Que me recommandez-vous ?

— Eh bien… ça dépend de vos goûts, répondit Kassia d'une voix hésitante.

— Oh ! ce sont les goûts d'un touriste moyen. L'Angleterre est réputée pour ses grandes demeures ancestrales situées à la campagne, par exemple. Y en a-t-il dans la région ?

— Eh bien… oui. Le palais de Blenheim, par exemple, n'est qu'à quelques kilomètres d'ici.

— Ça me paraît parfait, répliqua-t-il en prenant un autre sandwich. Si vous me le faisiez visiter ?

— Moi ?

— Oui, nous pourrions y consacrer une journée. Après votre conférence.

— Eh bien…

— Vous avez déjà prévu quelque chose ?

Après tout, elle avait peut-être des amis dans la région.

— Non… pas vraiment. Je vais peut-être rendre visite à une ancienne camarade d'école, mais pas avant le week-end prochain.

— Bien.

La troisième étape de l'entreprise de séduction était programmée… Avec un grand sourire, il prit un *scone*, le tartina de confiture et indiqua les pâtisseries qui restaient.

— Servez-vous, dit-il d'un ton enjoué. Et dites-moi tout ce que vous savez sur le palais de Blenheim, puisque nous allons le visiter ensemble…

Installée sur son siège dans la salle de conférence, Kassia ne parvenait pas à se concentrer sur l'exposé. Elle ne cessait de penser à sa rencontre avec Damos Kallinikos la veille. Lui qui avait surgi de nulle part à l'Ashmolean Museum, l'avait invitée à prendre le thé à son hôtel, puis avait programmé une visite du palais de Blenheim avec elle pour le surlendemain. Pourquoi ?

Pourquoi voulait-il la revoir et passer du temps avec elle ? Qu'il l'ait abordée au musée pouvait se comprendre, puisqu'il avait décidé de sponsoriser la prochaine saison des fouilles. Mais l'inviter à prendre le thé ? Lui demander de l'accompagner au palais de Blenheim ? Ça n'avait aucun sens. *Je suis la dernière femme au monde avec laquelle un homme comme lui peut avoir envie de passer du temps.*

En Grèce elle n'avait pas pu résister à la tentation de faire une recherche sur Internet à son sujet. Les résultats affichés concernaient essentiellement sa vie sociale et sur toutes les photos il avait une femme superbe au bras. Elle avait reconnu entre autres un célèbre mannequin, une vedette de la télévision et deux membres du tout-Athènes. Toutes ces femmes avaient un point commun. Elles étaient glamour et d'une beauté à couper le souffle. Une description qui ne pourrait jamais s'appliquer à elle.

Comme après le dîner sur le yacht, Kassia fut assaillie par la mélancolie. Oh ! être belle, glamour, superbe ! Mais inutile de rêver. C'était sans espoir. Elle le savait depuis toujours. Son père ne manquait jamais une occasion de le lui rappeler, raillant sa haute taille et sa maigreur. Et même sa mère, avec beaucoup moins de cruauté, avait souvent soupiré parce qu'elle était trop grande et que rien de ce qu'elle mangeait ne lui donnait des courbes. Comme si ce n'était pas suffisant, ses cheveux châtains étaient ternes et raides. Quant à ses yeux et à ses cils, ils étaient trop pâles. Si bien qu'elle n'avait jamais tenté de porter des tenues élégantes, de faire quelque chose de ses cheveux ni de se maquiller.

Mais dans le monde dans lequel elle vivait, rien de tout cela n'avait d'importance. Le milieu universitaire était peut-être élitiste mais on n'y était jamais jugé sur son apparence. Et après tout, elle avait quand même une vie amoureuse. Avec des étudiants pendant ses études, et des collègues aujourd'hui… mais jamais elle n'avait fréquenté un homme aussi sublime que Damos Kallinikos. Elle soupira. Il fallait qu'elle arrête de penser à lui. Oui, il était peu probable qu'il ait envie de passer une journée avec elle à visiter le palais de Blenheim, mais il voulait peut-être être accompagné par quelqu'un qui avait des connaissances en histoire. De toute façon elle avait accepté. Il n'y avait pas à revenir là-dessus. Ils allaient passer la journée là-bas, visiter le palais, puis revenir à Oxford où il lui dirait au revoir.

Leurs chemins se sépareraient de nouveau et elle ne le reverrait plus jamais.

— Très impressionnant, déclara Damos en contemplant le palais de Blenheim, qui se dressait devant eux.

Kassia hocha la tête.

— C'est vrai.

Elle n'arrivait toujours pas à croire que Damos était sérieux quand il lui avait demandé de l'accompagner pour cette visite, et pourtant elle était bien là avec lui. Il était passé la prendre dans une voiture de location – très luxueuse – devant le collège où logeaient les assistants à la conférence. Au début elle avait été un peu intimidée, mais pendant le trajet il s'était montré charmant et avait tout fait pour la mettre à l'aise. En retour, elle allait s'efforcer de se montrer à la hauteur de son rôle de guide, décida-t-elle.

— Ne m'avez-vous pas dit l'autre jour que c'est le seul palais d'Angleterre qui ne soit pas royal ?

— Oui, en effet. Mais l'ironie veut qu'il soit parfois utilisé dans certains films pour représenter à Buckingham Palace !

— Rappelez-moi pourquoi il a un nom allemand.

— Il le doit à la victoire la plus célèbre du premier duc de Marlborough, John Churchill, lors de la bataille de Blenheim en Bavière pendant la guerre de Succession d'Espagne. L'Angleterre se battait au sein de la Grande Alliance contre l'Électorat de Bavière et le royaume de France de Louis XIV. Le palais a été conçu par John Vanbrugh et sa construction a duré plus de dix ans. Il est si énorme qu'il paraît que la première duchesse, Sarah Churchill, amie proche et très influente de la pauvre reine Anne, le détestait. Elle se plaignait que les cuisines étaient si loin de la salle à manger que les plats arrivaient toujours froids à table !

Damos pouffa.

— Vous racontez tout ça sans même consulter le guide. C'est incroyable !

— Oh ! c'est parce que l'histoire dans son ensemble m'intéresse. Quand on aime une période on les aime toutes. Et je suis déjà venue ici quand j'étais écolière. C'est un plaisir d'y revenir. Merci de m'avoir proposer de vous accompagner, ajouta-t-elle poliment.

— Merci d'avoir accepté mon invitation. Peu de femmes de ma connaissance apprécieraient ce genre de sortie, je peux vous le dire !

Elle détourna les yeux. Nul doute que les femmes qu'il fréquentait – ces superbes mannequins et célébrités en tout genre – ne voudraient pour rien au monde être vues en train de jouer les touristes. D'ailleurs, il était étonnant qu'un homme comme lui apprécie ce genre de sortie. C'était quand même moins excitant qu'une balade en mer sur son yacht privé… Ou plutôt un de ses yachts privés.

Mais peut-être réfléchissait-elle trop. D'accord, aujourd'hui il était riche. Mais ça n'avait pas toujours été le cas, si bien que jouer les touristes ne lui semblait sans doute pas indigne de lui. Après tout, elle-même ne trouvait pas ça indigne d'elle alors qu'elle appartenait à un milieu très aisé. Il était vrai que la vie mondaine ne l'avait jamais intéressée. Elle préférait de beaucoup son existence discrète d'archéologue, qui lui permettait d'avoir aussi peu de relations que possible avec son père. La plupart du temps il la laissait tranquille, mais de temps en temps il la convoquait à Athènes pour un dîner ou un événement quelconque. Avec toujours les mêmes exigences. Qu'elle reste en retrait et qu'elle évite d'ennuyer les gens avec toutes ses « histoires stupides d'archéologie », comme il disait.

« C'est déjà assez pénible pour moi d'être affligé d'une fille aussi quelconque que toi. »

Elle préférerait ne jamais être convoquée, mais son père faisait partie des sponsors du musée où elle travaillait. Si elle se rebellait, le musée perdrait ce soutien financier, elle le savait. Heureusement les convocations à Athènes étaient rares, si bien que se plier aux exigences de son père n'était pas trop contraignant. Ce qui ne l'empêchait pas d'être toujours soulagée de repartir. La compagnie de son père n'avait rien d'agréable…

Elle préférait de beaucoup celle de sa mère, même si celle-ci, bien que très affectueuse, n'avait pas beaucoup de temps à lui accorder. Non seulement elle sortait beaucoup mais elle partait souvent en vacances à l'étranger avec son mari. Elle était heureuse d'avoir pu passer quelques jours avec eux avant leur départ prochain pour l'Espagne.

— Par quoi commençons-nous ?

La voix de Damos interrompit le cours des pensées de Kassia.

— Si vous pensez pouvoir endurer une visite du palais, les salles d'apparat sont aussi grandioses que la façade.

— Pourquoi pas ? Ensuite, nous explorerons le parc.

Après avoir vu plusieurs salles somptueuses, Damos émit un sifflement discret.

— On peut dire que ce premier duc avait réussi.

— Son père étant relativement pauvre, il a grandi dans des conditions difficiles. Mais il était très ambitieux... comme sa femme, répliqua-t-elle d'un ton pince-sans-rire.

— L'ambition n'est pas un défaut.

Frappée par la note acerbe dans la voix de Damos, elle le considéra avec perplexité.

— Sans ambition, le travail même acharné ne mène nulle part, poursuivit-il. Avec de l'ambition, tout est possible.

— Je... je suppose que ça dépend de ce qu'on vise, commenta-t-elle avec circonspection.

Quelque chose lui disait qu'elle avait touché un point sensible. Damos la regardait d'un air qu'elle ne lui avait jamais vu auparavant.

— Vous êtes née dans une famille fortunée, Kassia. Oh ! vous pouvez prendre votre carrière très au sérieux et travailler en conséquence, mais vous avez derrière vous ce coussin financier plus que confortable. Il vous donne un sentiment de sécurité dont vous avez à peine conscience.

— Je sais que j'ai grandi dans un milieu privilégié, mais j'essaie de ne pas exploiter cet avantage.

Damos laissa échapper un rire bref qui semblait plein d'amertume.

— Vous n'en restez pas moins privilégiée. L'université était inaccessible pour moi. Sur le chantier de fouilles, vous m'avez dit, je m'en souviens parfaitement, que ce serait dommage de me salir les mains. Mais j'ai des années de travail manuel derrière moi. Alors que vous avez bénéficié du luxe de faire des études supérieures payées par votre père, j'ai commencé à travailler à quinze ans sur les docks, puis sur les yachts privés et les cargos. Je travaillais pour économiser une base financière à partir de laquelle gravir les barreaux de l'échelle sociale, l'un après l'autre. Ce n'est pas facile de partir de zéro. Ça demande de la détermination et, oui, de l'ambition. Je possède les deux, sinon je ne serais pas arrivé là où je suis.

Kassia resta silencieuse. Son père était ambitieux et déterminé lui aussi. Et impitoyable. Prêt à saisir la moindre occasion de faire de l'argent. Il se vantait d'être arrivé au sommet après être parti de nulle part en rachetant pour rien des entreprises en difficulté pendant la crise financière grecque. Il les démantelait pour en tirer des profits maximums avant de procéder à de nouvelles acquisitions. Il avait recommencé à l'occasion de la récente pandémie. Et il était sans doute en train de préparer une nouvelle opération de ce genre.

— Excusez-moi. Je n'avais pas l'intention d'être aussi véhément.

Elle fut arrachée à ses pensées par la voix de Damos. À son grand soulagement, celle-ci ne contenait plus la moindre note d'agressivité. Il n'y avait sans doute aucune raison de penser que Damos Kallinikos était aussi impitoyable que son père.

— Je vous en prie. Je ne condamnais pas le fait d'être ambitieux ou de vouloir gagner de l'argent. C'est juste que mon père... Vous devez connaître sa réputation. Il est impitoyable en affaires et il ne s'embarrasse pas de scrupules pour atteindre ses objectifs...

Elle s'interrompit, embarrassée.

— Quelles que soient les méthodes de votre père, Kassia, sachez que moi, j'ai gagné mon argent honnêtement, déclara Damos d'un ton crispé.

Elle soutint son regard un instant, puis détourna les yeux, de plus en plus embarrassée. Lui touchant brièvement le bras, il reprit d'un ton plus léger.

— Changeons de sujet. Ne gâchons pas cette journée si agréable. Si nous allions voir la pièce suivante ?

Il l'entraîna dans une autre pièce, au décor aussi somptueux que celui des précédentes. Portes ornées de dorures, murs parés de tentures et de toiles de maîtres, épais tapis de laine, rideaux de soie, meubles précieux.

— Les propriétaires ne sont pas vraiment des gens aux goûts simples, constata-t-il d'un ton pince-sans-rire.

Elle pouffa, soulagée qu'il plaisante.

— Nous sommes dans les salles d'apparat, qui leur permettent de faire étalage de leur opulence. Je suis sûre que le duc actuel dispose pour lui et sa famille d'une aile à l'atmosphère beaucoup plus intime.

— C'est rassurant. En hiver on doit être frigorifié dans ces pièces immenses !

— Les demeures ancestrales anglaises ont longtemps eu la réputation d'être glaciales quel que soit le nombre de cheminées dont elles disposaient. Je crois que c'est seulement à la fin du XIXe siècle, quand les aristocrates désargentés ont commencé à épouser des princesses du dollar, que le chauffage central y a été installé.

— Des princesses du dollar ?

— Des riches héritières américaines qui apportaient leur dot considérable en échange du titre de noblesse dont elles rêvaient. Consuelo Vanderbilt en était une. Elle a épousé le neuvième duc de Marlborough, le cousin de Winston Churchill, dont la propre mère, Jenny Jerome, était elle aussi une princesse du dollar.

— Dites-m'en plus.

Elle poursuivit ses explications avec joie. C'était mille fois plus agréable de partager ses connaissances en histoire avec Damos que de chercher à savoir comment il avait bâti sa fortune en espérant que ses méthodes n'avaient rien à voir avec celles de son père.

Pourquoi Damos serait-il aussi impitoyable et dénué de scrupules que mon père ? Il y a des tas de manières éthiques de gagner de l'argent.

Après avoir vu toutes les salles d'apparat ainsi que celle où était né Winston Churchill – étonnamment simple et modeste, comme le fit remarquer Damos – ils sortirent du palais. La douceur de l'air acheva de réconforter Kassia.

— Déjeuner ? suggéra Damos.

Elle hocha la tête, et ils s'installèrent à la terrasse d'un des restaurants situés dans une cour adjacente au parc. Elle commanda une soupe et un sandwich, tandis qu'il choisissait des saucisses anglaises avec de la purée et ils déjeunèrent en bavardant agréablement. Ils terminèrent le repas par un café accompagné de gâteaux.

— C'est bien que vous n'éprouviez pas le besoin de compter les calories, déclara Damos en souriant, alors que Kassia finissait un *brownie*.

Elle eut une moue désabusée.

— C'est un des avantages d'être un bout de ficelle.

— Un bout de ficelle ?

Elle haussa les épaules.

— C'est ce que dit mon père. Que je suis un bout de ficelle.

Damos plissa les yeux.

— Vous êtes plus grande que lui, je suppose ?

— Oui, répondit-elle avec surprise. Mais je suis plus grande que la plupart des hommes. Vous faites partie des rares exceptions. Ma mère, en revanche, est petite et pulpeuse. Elle dit toujours...

Elle s'interrompit.

— Elle dit toujours... ?

— Elle dit toujours qu'elle croyait que je n'arrêterais jamais de grandir. Que je dois tenir de mon grand-père... Bien sûr, pour un homme ça n'a pas d'importance d'être aussi grand, ajouta-t-elle ensuite.

Sa mère aurait aimé qu'elle soit comme elle. Jolie et ultra-féminine. Pour elle-même, juste pour qu'elle se sente bien dans sa peau. Alors que son père, si elle avait été belle, l'aurait sans doute exhibée dans les cercles mondains pour la marier à quelqu'un qui aurait pu lui être utile pour ses affaires. Un autre homme d'affaires, un politicien... n'importe qui pouvant lui servir. Sans se soucier qu'elle soit d'accord ou pas.

Son physique quelconque avait au moins l'avantage de la protéger de ce genre de pressions. Après tout, c'était un motif de satisfaction. Sauf qu'à présent... Elle réprima un soupir.

Damos Kallinikos avait l'habitude de côtoyer des femmes superbes et pour la première fois de sa vie elle regrettait de ne pas appartenir à cette catégorie. Mais inutile de rêver de l'impossible. Elle prit conscience que Damos l'observait. Il semblait songeur et il y avait dans ses yeux une lueur étrange qu'elle n'avait jamais vue auparavant. Que signifiait-elle ? Le temps qu'elle se pose la question, la lueur avait disparu. Il termina son café et déclara :

— Allons voir les jardins. Si nous commencions par les terrasses d'eau ? Elles ne sont pas loin d'ici.

— D'accord, répondit-elle en souriant, soulagée de ce changement de sujet.

Elle préférait de loin explorer les magnifiques jardins du palais que de parler d'elle...

Ils sortirent de la cour et prirent l'allée conduisant à la terrasse supérieure, adjacente au côté ouest du palais. Ils flânèrent autour des bassins de pierre. Elle s'arrêta un instant pour tremper les doigts dans l'eau fraîche. Lorsque Damos l'imita après avoir relevé les manchettes de sa chemise, son regard fut irrésistiblement attiré par ses mains musclées. Des mains qui devaient avoir hissé beaucoup de voiles, installé des gréements et accompli des travaux pénibles autrefois. Mais aujourd'hui, une montre de luxe entourait son poignet.

— Attention, ne mouillez pas votre montre ! s'exclama-t-elle.

— Elle est étanche à trois cents mètres. Je pourrais faire de la plongée avec si je voulais.

— Vous faites de la plongée sous-marine ? demanda-t-elle en se perchant sur le rebord du bassin.

Il s'assit à côté d'elle.

— Non. Je n'ai pas le temps.

— C'est dommage. Maintenant que vous êtes riche, ne pourriez-vous pas vous détendre plus souvent ?

Mais il avait souligné qu'il était ambitieux, se rappela-t-elle. Peut-être estimait-il qu'il n'était pas encore assez riche. Cherchait-il en permanence à gagner toujours plus d'argent ?

— N'est-ce pas ce que je suis en train de faire ? Me détendre… prendre le temps de jouer les touristes.

Elle sourit.

— Ça va peut-être vous donner envie de consacrer plus de temps à la détente, de lever un peu le pied.

Il ne répondit pas, et ils restèrent un moment assis au soleil, à plonger de temps en temps les doigts dans l'eau tandis que des promeneurs déambulaient dans l'allée et que les oiseaux chantaient dans les arbres. Elle promena son regard sur le paysage splendide en savourant la douce chaleur du soleil de fin d'été. Cette journée avait quelque chose de magique… Être là en compagnie de Damos Kallinikos, c'était tellement inattendu. Tellement improbable. Mais pas question de se triturer la cervelle en se demandant pour quelle raison extraordinaire il avait eu envie de lui proposer cette escapade. Elle allait juste savourer ce moment…

Damos se leva.

— Si nous allions voir la terrasse inférieure ?

Kassia se leva à son tour et ils se mirent en chemin.

— Apparemment, les fontaines de la terrasse inférieure sont dans le style de celle des Quatre-Fleuves de Bernini, Piazza Navona, à Rome.

— Êtes-vous déjà allée Rome ? demanda-t-il d'un ton léger.

Il n'avait plus aucune envie d'aborder des sujets personnels. Que lui avait-il pris dans le palais d'insister sur les efforts que lui avait coûtés sa réussite ? Et de se vanter d'avoir gagné son argent honnêtement ? C'était vrai. Il n'avait jamais eu recours à des procédés déloyaux. Le moment venu il ferait à Cosmo une offre correcte pour son entreprise. Une fois qu'il aurait empêché Yorgos Andrakis de se l'approprier en se servant de sa fille.

Comme tu es en train de le faire toi-même.

Il ignora la pointe de remords qui l'assaillit. Son intervention allait éviter à Kassia d'être utilisée par son père contre son intérêt.

Alors que moi, j'agis dans l'intérêt de Kassia.

Et pas seulement pour la protéger du projet de mariage que son père avait pour elle. Il s'était demandé plusieurs fois pourquoi elle ne se mettait pas davantage en valeur. Après ce qu'elle lui avait dit au déjeuner, il avait une idée assez précise de la réponse. Damos crispa la mâchoire. Il parierait que Yorgos Andrakis, habitué à dominer les autres avec sa carrure imposante et son attitude despotique, ne supportait pas que sa fille soit plus grande que lui. Ça devait l'horripiler. Et apparemment, la mère de Kassia ne faisait rien pour débarrasser sa fille de ses complexes à propos de sa taille.

Il jeta un coup d'œil à Kassia qui marchait à côté de lui. Pour une fois elle ne courbait pas les épaules. Parce qu'il était plus grand qu'elle et que c'était donc inutile ? Le dos droit, elle avait une démarche souple et gracieuse…

— Deux ou trois fois.

Perdu dans ses pensées, il avait oublié la question qu'il venait de poser à Kassia.

— Les vestiges de la Rome antique sont magnifiques mais plus récents que ceux que j'étudie, poursuivit-elle. D'un millénaire, environ.

— Et pourtant ils remontent à plus de deux mille ans ? L'histoire semble s'étendre sur une durée démesurée, continua-t-il d'un ton faussement solennel en arquant les sourcils.

Elle laissa échapper un petit rire qu'il trouva charmant.

— Sur cette remarque profonde, si nous descendions vers le lac ? suggéra-t-il.

— Pourquoi pas ?

Il rit à son tour.

— Quel enthousiasme ! Si vous n'en avez pas envie ce n'est pas une obligation. Il y a des tas d'autres choses à voir.

— C'est votre jour de congé. Moi je peux venir ici à chaque fois que je rends visite à ma mère, mais de votre côté vous ne reviendrez peut-être pas.

— C'est vrai, murmura-t-il.

Beaucoup plus vrai qu'elle n'en avait conscience…

Si je suis ici c'est uniquement parce que je cherche à vous séduire.

Et s'il cherchait à la séduire c'était pour une raison très précise. Il lui jeta un nouveau coup d'œil furtif tandis qu'ils descendaient sans se presser vers le lac. Oui, il avait tissé ce lien avec Kassia Andrakis pour une seule raison.

Une seule, vraiment ?

Cette question s'imposa à lui et il ne parvint pas à la chasser de son esprit. S'il avait l'intention d'avoir une aventure avec Kassia était-ce seulement pour déjouer les plans de son père ? Était-ce vraiment la seule raison pour laquelle il passait du temps avec elle ? Ou bien, contre toute attente, y en avait-il une autre qui s'y ajoutait ?

Il fallait reconnaître qu'il passait une journée agréable.

Il appréciait cette promenade tranquille dans cet endroit magnifique où l'on pouvait observer les œuvres spectaculaires nées de l'ambition d'un homme. Il s'était rarement senti aussi détendu. C'était très agréable de penser à autre chose que ses affaires, qui accaparaient son esprit d'ordinaire.

La compagnie de Kassia est très agréable.

Elle était si différente des autres femmes de sa connaissance... Bien sûr, si elle n'était pas la fille de Yorgos Andrakis il n'aurait jamais eu envie de la rencontrer. Mais à présent qu'il avait fait sa connaissance...

Je l'aime bien. J'aime bien sa compagnie, sa conversation. J'aime bien qu'elle sache des choses auxquelles je ne connais rien et qu'elle les rende intéressantes.

Et puis il y avait autre chose qui le réjouissait. Il ne lui était pas indifférent. Oh ! bien sûr c'était indispensable s'il voulait avoir une aventure avec elle. Mais tout à coup il découvrait qu'il voulait lui plaire pour des raisons très différentes. Des raisons inattendues qu'il ne pouvait pas nier.

Même si ce n'était pas la fille de Yorgos Andrakis, j'aurais envie de lui plaire.

Il continua de l'observer à la dérobée, tandis qu'ils marchaient en échangeant leurs impressions sur les jardins. Et il prit conscience qu'il y avait aussi quelque chose qui lui déplaisait chez elle. Sa tendance à l'autocritique. Comme si elle était d'accord avec l'opinion que ses parents avaient d'elle. Comme si elle trouvait normal que les hommes ne s'intéressent à elle que parce qu'elle était la fille de Yorgos

Andrakis... Non, décidément, qu'elle se trouve aussi peu séduisante ne lui plaisait pas du tout.

Il allait lui révéler qu'elle pouvait être belle. Pour son propre plaisir, certes. Mais pas seulement.

Pour elle aussi.

4

Kassia monta dans la voiture de location de Damos et attacha sa ceinture tandis qu'il s'installait à côté d'elle derrière le volant. Ils retournaient à Oxford, où il la déposerait, et demain elle partirait pour les Midlands où elle devait passer quelques jours chez une ancienne camarade d'école.

Ensuite elle reprendrait sans doute l'avion pour la Grèce. En emportant avec elle le souvenir de cette journée. Un bon souvenir. Un très bon souvenir. Damos s'était montré accommodant, plein d'humour et attentif à la conversation. Ils avaient poursuivi leur promenade au-delà du lac à travers la pelouse sud, puis ils avaient pris un café dans un autre des nombreux établissements éparpillés dans l'immense domaine.

— Fatiguée ? demanda Damos en souriant, alors qu'ils descendaient l'allée centrale pour rejoindre la route.

— C'est un bon exercice, répliqua-t-elle en lui rendant son sourire.

Oxford n'était qu'à quelques kilomètres et cette journée en sa compagnie serait bientôt terminée. Elle lui dirait au revoir et cette fois ce serait définitif. Aucune chance de tomber de nouveau sur lui par hasard. Oh ! il ferait peut-être une apparition sur un chantier au cours de la prochaine saison de fouilles en tant que sponsor, mais ce serait tout. Et la prochaine fois qu'elle serait convoquée à Athènes par son père, elle l'apercevrait peut-être. Mais il aurait certainement une créature superbe au bras...

Elle eut un pincement au cœur. De la tristesse ? Elle ne savait pas trop. Tout ce qu'elle savait c'était qu'elle n'avait pas envie que cette journée se termine. Mieux valait ne pas se demander pourquoi. À quoi bon ? Elle était loin d'être superbe et si Damos Kallinikos avait recherché sa compagnie aujourd'hui c'était parce qu'il ne connaissait personne d'autre dans la région.

— Eh bien, si vous n'êtes pas trop fatiguée, j'ai un autre service à vous demander, dit-il en s'engageant sur la route d'Oxford. Suite à ma réunion d'hier, je suis invité dans un des collèges, ce soir. Pour une sorte de fiesta, au cours de laquelle un dîner bien arrosé est offert à d'anciens étudiants devenus influents dans le monde des affaires et de la politique. Sans doute pour les encourager à dépenser leur argent et user de leur influence en faveur de leur ancien collège. Ma relation d'affaires à Oxford fait partie de ces étudiants et il m'a obtenu une invitation.

Son ton devint sarcastique.

— Apparemment il n'est pas nécessaire d'être un ancien étudiant pour être considéré comme potentiellement utile au collège, du moment qu'on a de l'argent. Même quand on est étranger comme moi. Cela dit, la soirée pourrait se révéler utile pour moi aussi. D'après ma relation d'affaires, un membre du cabinet du ministre du Commerce que j'aurais intérêt à rencontrer sera présent.

Il lui jeta un coup d'œil.

— Accepteriez-vous de m'y accompagner ?

— Mais je suppose que vous serez l'invité de votre relation d'affaires ?

— Non, l'invitation est à mon nom et pour deux personnes.

Il prit de nouveau un ton sarcastique.

— Bien sûr il ne sera pas question d'aborder des sujets aussi vulgaires que l'argent ou les affaires. Le but est de faire connaissance, de prendre des contacts. Arriver accompagné serait un plus pour moi. Qu'en dites-vous ?

Elle eut une impression étrange. Encore une fois, cet homme qu'elle connaissait à peine l'invitait à passer du temps avec lui. Pourquoi ? Bien sûr, ce n'était pour aucune des raisons habituelles qui poussaient un homme à inviter une femme à une soirée. Cette hypothèse était exclue. Mais avait-il vraiment envie de prolonger la journée qu'ils venaient de passer ensemble ? Apparemment. Et après tout, elle pouvait comprendre pourquoi. Jusqu'à un certain point…

— Et pas n'importe quel plus, Kassia, reprit-il. C'est votre monde. L'université. Vous y êtes chez vous, contrairement à moi. Vous seriez à l'aise dans une soirée organisée par un collège d'Oxford.

— Je n'ai jamais étudié à Oxford.

— Vous travaillez dans le milieu universitaire.

— À un poste subalterne et…

— Arrêtez de faire des objections !

Il y avait de l'humour dans le ton de Damos, mais pas seulement, constata-t-elle. Visiblement, il tenait à ce qu'elle accepte.

— Écoutez… Tout seul je suis juste un homme d'affaires grec d'origine modeste qui connaît uniquement l'homme d'affaires anglais qui lui a obtenu une invitation et qui ignore tout du monde universitaire. Vous, même si vous n'occupez pas un poste élevé, vous êtes capable de discuter sur un pied d'égalité avec d'autres universitaires. Vous serez à l'aise, et par ricochet je le serai davantage. Alors, vous acceptez de m'accompagner ?

Il n'avait pas tort… D'accord, elle n'était pas diplômée d'Oxford, mais elle appartenait au milieu universitaire et elle venait d'ailleurs de participer à une conférence dans un des collèges de la ville. Elle pourrait certainement lui être utile. Cependant, elle avait quand même une véritable objection…

— Je suppose que la tenue de soirée est exigée ? C'est toujours le cas à Oxford. Or je n'ai rien à me mettre.

La tenue la plus élégante qu'elle avait apportée, pour le dîner précédant la conférence, était une robe très simple qu'elle avait portée avec une veste et des chaussures à talons plats. Pas du tout approprié à une soirée habillée.

— Pas de problème. Nous arriverons avant la fermeture des boutiques. Je vous déposerai au centre commercial. Ça vous va ?

— Euh… oui, merci.

— Parfait.

Dans quoi venait-elle de se laisser entraîner ? Elle ne savait pas trop, mais elle ne regrettait pas d'avoir accepté. Si son cœur battait aussi vite c'était pour une bonne raison. Elle avait envie d'accompagner Damos Kallinikos à cette soirée. Très envie.

Le moment n'est pas venu de lui dire au revoir. Pas encore…

D'excellente humeur, Damos ajusta légèrement son nœud papillon et se lança un dernier coup d'œil dans le miroir de sa chambre d'hôtel. La voiture arriverait bientôt. Il retrouverait Kassia à l'entrée du collège où se déroulait la soirée. Celui où elle logeait suite à la conférence était tout proche si bien qu'elle avait décidé d'y aller à pied. À quoi allait-elle ressembler ? Quel genre de tenue avait-elle acheté ? À en juger par ce qu'il l'avait vue porter jusque-là, il ne se faisait pas d'illusions…

Et il avait raison. Un quart d'heure plus tard quand il la vit qui l'attendait sous la voûte d'entrée en pierre, il réprima un soupir. La robe qu'elle s'était achetée n'était pas du tout flatteuse. Vert bouteille, col rond, manches longues et un corsage ruché qui l'engonçait, alors que la jupe ample qui tombait sur les chevilles paraissait trop grande pour elle… Ses cheveux étaient toujours noués de la même manière sur sa nuque et une fois de plus, pas la moindre trace de maquillage. Il serra les dents. Il allait changer l'image désastreuse qu'elle avait d'elle-même, lui faire prendre conscience de son potentiel de séduction… Mais pas ce soir. Ce soir c'était la quatrième étape de son entreprise de séduction. Il la rejoignit avec un sourire chaleureux.

— Pile à l'heure. Excellent.

— Ce n'est pas très compliqué, je suis juste à côté.

Ils franchirent l'entrée en saluant d'un signe de tête l'employé de garde. Une table faisant office de réception était installée juste après l'entrée. Il donna son nom et celui de Kassia. Dans la cour gazonnée, autour de laquelle se dressaient les bâtiments du collège, des invités étaient déjà rassemblés verre à la main. Dans un coin, un quatuor à cordes jouait.

— Nous y allons ? dit-il en offrant son bras à Kassia, qui le prit après une légère hésitation.

Il promena son regard autour de lui. Dans la lumière du soir, la pierre ocre des bâtiments et le vert sombre de la pelouse offraient un décor féerique, dont le charme était accentué par la musique et la douceur de l'air. Derrière des tables recouvertes de nappes blanches et chargées de verres et de bouteilles, des serveurs s'affairaient.

— Pour une occasion traditionnelle par essence comme celle-ci, j'estime que le champagne s'impose, déclara-t-il en acceptant la flûte que lui proposait un serveur et en la tendant à Kassia.

Puis il en prit une pour lui et ils se remirent en marche. Elle portait du parfum, remarqua-t-il. Un parfum floral, léger. Qui se mêlait à celui du jasmin grimpant qui ornait un mur du collège.

— Ah, vous voilà !

L'homme avec qui il était en relation d'affaires les rejoignit puis il les présenta au petit groupe avec lequel il était en train de discuter. Comme Damos l'avait prédit, Kassia fut tout de suite très à l'aise et se mit à discuter avec plusieurs professeurs. Des serveurs circulaient parmi les invités, proposant des canapés ainsi que du champagne, et Damos se détendit. Un peu plus tard il fut présenté au directeur du collège. Visiblement enchanté de faire la connaissance d'un invité fortuné, ce dernier le présenta au délégué ministériel qui se montra intéressé à son tour par de potentiels futurs contacts. Puis le dîner fut annoncé.

— Splendide, murmura Kassia en promenant son regard sur la salle à manger lambrissée, tandis qu'ils prenaient place à table après le directeur, les professeurs et le délégué ministériel, invité d'honneur. Rien à voir avec le réfectoire de mon université *red brick* !

— Vous auriez aimé étudier ici ?

— Je n'ai pas posé ma candidature, répondit-elle d'un ton enjoué.

— Pourquoi ?

— Parce que je savais, comme mes professeurs, que je n'avais pas le niveau requis. Ça ne me contrarie pas, précisa-t-elle en souriant. J'ai toujours accepté mes limites, y compris intellectuelles.

Damos l'observa tandis qu'elle se servait de l'eau et répondait poliment à une remarque d'un convive. Il y avait des limites qu'elle ne devrait pas accepter. Il ne voulait pas qu'elle les accepte. Celles-ci la bloquaient.

Elles l'empêchent de se laisser aller avec moi.

Certes, elle était maintenant beaucoup plus à l'aise en sa compagnie. Cependant, elle se comportait comme s'il n'était pour elle qu'une simple connaissance sympathique. Pourtant de nombreux signes indiquaient que ce n'était pas le cas. Ses coups d'œil furtifs, sa façon de s'écarter légèrement s'il était trop près d'elle, le rouge qui envahissait ses joues s'il la regardait trop longtemps dans les yeux. Ces signes, il les connaissait. Mais il n'agissait pas en conséquence. Ce serait prématuré. S'il tentait quoi que ce soit il l'effaroucherait. C'était une évidence. Non, pour l'instant il fallait juste continuer à être agréable avec elle et apprécier cette soirée pas comme les autres.

Kassia la savourait visiblement. Ça se lisait sur son visage éclairé à lumière des bougies, tandis que les plats se succédaient et que tous les rituels de rigueur étaient observés. Y compris celui de changer de salle pour prendre un second dessert comprenant du fromage, des pâtisseries et des fruits, ainsi qu'un choix de liqueurs et de vins doux. Devait-il être impressionné ou amusé ? Il était partagé...

— À présent, nous sommes censés nous mêler aux autres invités, murmura-t-elle.

Un moment plus tard, alors qu'elle se lançait avec un professeur de lettres classiques dans une comparaison entre le grec mycénien, le grec homérique et le grec attique, il resta en retrait et en profita pour l'observer. Pas de doute, elle était dans son élément. Et passionnée par cette discussion, à en juger par l'éclat des reflets argentés dans ses yeux gris-bleu. Et même dans cette robe peu flatteuse, sans maquillage et coiffée sans recherche, elle dégageait quelque chose... Quelque chose qui donnait envie de continuer de la regarder pendant des heures. D'entendre sa voix... De sentir sa présence toute proche...

Damos prit soudain conscience que le professeur s'adressait à lui et lui demandait s'il était archéologue lui aussi. Il secoua la tête.

— Non, mais je vais sponsoriser la prochaine saison de fouilles du musée de Kassia, si ça peut me faire pardonner, répliqua-t-il en souriant.

— Oh ! bien entendu, répondit le professeur en lui rendant son sourire. Cependant, si j'étais vous je resterais discret à ce sujet. Les recherches archéologiques étant coûteuses, c'est un secteur qui est en permanence avide de fonds ! Si votre générosité s'ébruite vous allez être harcelé sans pitié !

Damos émit le petit rire attendu de lui. S'il avait décidé de sponsoriser les recherches du Dr Michaelis ce n'était pas par goût de l'archéologie. Et pourtant... Ici, ce soir, en compagnie de Kassia dans cette salle lambrissée d'un collège de l'université d'Oxford, après leur visite du majestueux palais de Blenheim, son objectif initial semblait bien loin.

Non, si je suis ici ce soir c'est uniquement parce que je veux acquérir la société de Cosmo Palandrou. Cette soirée fait partie de mon plan d'action. C'est la seule raison pour laquelle j'ai décidé d'y assister.

Il ne fallait pas l'oublier. Son attirance inattendue pour Kassia ne changeait rien à sa détermination première. S'il était là avec elle c'était parce qu'elle était la fille de Yorgos Andrakis.

Alors dis-le-lui.

Cette idée surgie de nulle part s'imposa brusquement à lui.

Parle-lui. Explique-lui que tu sais de source sûre que son père a l'intention de la marier à Cosmo Palandrou. Dis-lui que le plus sûr moyen de déjouer ses plans est de faire savoir à Cosmo Palandrou qu'elle et toi vous avez une liaison. Dis-lui juste ça. C'est tout ce que tu as à faire.

Mais s'il faisait ça... ? Comment allait-elle réagir ? Il n'en savait rien. C'était tout le problème. Elle risquait de ne pas le croire, de penser qu'il exagérait... Et, même si elle le croyait, pourquoi serait-elle d'accord avec la méthode qu'il avait choisie pour contrer son père ? Elle risquait de penser qu'il lui suffisait de dire à ce dernier qu'elle ne voulait pas épouser Cosmo. Et elle aurait peut-être raison. Après tout, Yorgos ne parviendrait peut-être pas à la plier à sa volonté.

Peut-être. Mais dans ce cas, Andrakis ferait traîner les choses en longueur. Il dirait à Cosmo que sa fille finirait par accepter de l'épouser. Il le ferait patienter en le berçant d'illusions. Si bien que Cosmo ne considérerait aucune autre offre de rachat. Et si l'attente s'éternisait, d'autres repreneurs pourraient bien prendre conscience de la vulnérabilité de sa société et se mettre sur les rangs. D'où une surenchère dans les offres et une augmentation du prix.

Damos soupira. Non, le moyen le plus sûr de contrer Yorgos Andrakis et d'avoir le champ libre pour racheter la société de Palandrou c'était de faire en sorte que ce dernier ne veuille plus épouser Kassia. Par conséquent, il fallait poursuivre dans la voie qu'il avait choisie au départ. Avoir une aventure avec la jeune femme afin que Palandrou soit rebuté. Il la regarda. Elle discutait toujours avec le professeur en sirotant son vin doux. Sans se douter un instant de ce qu'il avait en tête... Le lui expliquer serait beaucoup trop risqué. Oui, il valait beaucoup mieux s'en tenir à ce qui était prévu depuis le début. Il avait déjà beaucoup progressé dans son entreprise de séduction et il allait continuer. Jusqu'au bout. Jusqu'à ce qu'elle lui tombe dans les bras...

À cette perspective, Damos se détendit et un sourire étira ses lèvres. Il se joignit de nouveau à la conversation et prit un autre verre de porto sur le plateau d'un serveur qui circulait parmi les invités. Les arômes subtils et le velouté du vin accrurent son bien-être. Cette soirée était décidément très agréable. D'autant plus agréable qu'il la passait en compagnie de Kassia. Il le lui dit plus tard, lorsqu'elle fut terminée et qu'ils se dirigeaient vers la sortie.

— Êtes-vous contente d'être venue ? Moi je suis enchanté. Sans vous ça n'aurait pas été pareil.

— C'était une expérience exceptionnelle. Merci de m'avoir amenée ici.

— C'était un plaisir. Je vais vous raccompagner à pied.

Il n'avait pas commandé une autre voiture pour le retour. Son hôtel n'était pas loin et le collège où logeait Kassia était juste à côté de celui qu'ils quittaient. Devant l'entrée il s'immobilisa et la contempla. Pour une fois elle portait des talons, mais très bas. Si bien qu'elle était toujours un peu plus petite que lui et qu'elle devait lever la tête pour le regarder. Dans la pénombre, il crut voir de l'émotion dans son regard. Sur une impulsion il lui prit la main et effleura ses doigts du bout des lèvres. Lorsqu'il se redressa il sentit sa main trembler dans la sienne. Il lui sourit.

— Pour moi, cette soirée a été une expérience mémorable ! Et la visite de Blenheim également. Merci de m'avoir fait passer des moments aussi exceptionnels.

Il lui lâcha la main et la contempla encore. Oui, il y avait dans ses yeux gris-bleu une lueur qu'il n'avait encore jamais vue. Spontanément il commença à se pencher de nouveau vers elle, mais il se ravisa aussitôt et jeta un coup d'œil vers l'entrée du collège. Le portier de nuit était bien visible à son bureau, et capable de les voir... Il recula d'un pas.

— Bonne nuit, Kassia, dit-il en plongeant son regard dans le sien. Dormez bien. Et merci encore...

Puis il s'éloigna, avec le sentiment très net qu'elle ne bougeait pas et qu'elle le suivait des yeux. Comme si elle n'avait pas envie qu'il la quitte. C'était bon à savoir. Très bon. Pour plusieurs raisons, à propos desquelles il valait mieux ne pas s'attarder. Des raisons contradictoires... Il secoua la tête. Mais pourquoi contradictoires ? Il pouvait très bien désirer Kassia à la fois pour elle-même et pour atteindre son objectif initial. Plutôt que de s'encombrer l'esprit avec de faux problèmes, il ferait mieux de réfléchir à la prochaine étape de son plan.

L'étape décisive...

5

Kassia entra dans sa chambre tout étourdie. Sur sa main nue elle sentait encore le contact léger, si fugace, des lèvres de Damos. Quel geste désuet… et pourtant, elle comprenait pourquoi il faisait se pâmer les jeunes filles de l'époque victorienne.

Pendant un instant elle se laissa aller à savourer ce souvenir. La chaleur des doigts de Damos autour de sa main, la douceur de ses lèvres… Secouant la tête, elle s'efforça de se ressaisir. Ce geste ne signifiait rien. C'était ridicule d'imaginer le contraire. Elle se regarda dans le miroir accroché au-dessus de la commode. Non, elle ne s'était pas transformée en princesse de conte de fées. Non, il n'y avait aucune chance qu'un homme comme Damos Kallinikos soit attiré par elle.

Je suis telle que j'ai toujours été et que je resterai toujours. Que je sois en robe de soirée ou en pantalon pour creuser la terre, ça ne change rien.

Elle détourna les yeux. Damos Kallinikos lui avait fait un baisemain par « galanterie » – mot désuet pour désigner une politesse qui l'était tout autant. Il aurait agi de même si elle avait été une vieille dame de quatre-vingts ans. Rêver d'être une créature glamour semblable à celles qu'il avait l'habitude de fréquenter ne rimait à rien. Relevant le menton, elle baissa la fermeture Éclair dorsale de sa robe. Celle-ci, achetée précipitamment, avait rempli son office. Elle n'était pas glamour, ni même élégante, mais c'était le cas de toute sa garde-robe.

Kassia se prépara à se coucher avec nostalgie. Dommage que cette journée soit terminée. Elle chérirait le souvenir de leur après-midi à Blenheim, puis de cette soirée inattendue. De ces bons moments en compagnie de Damos… C'était étrange. Ils étaient issus de milieux très différents, ils menaient des vies presque opposées, et pourtant ils s'entendaient bien. Une fois au lit, elle savoura les divers moments de la journée et de la soirée qui envahissaient son esprit. Des souvenirs si agréables… Il y avait juste eu un moment déstabilisant, quand il avait défendu les effets positifs de l'ambition. Elle n'aurait pas dû réagir comme elle l'avait fait. Il n'y avait pas de raison qu'il soit comme son père parce qu'il était ambitieux. On pouvait avoir de l'ambition sans être prêt à tout pour réussir. Sans se servir des autres pour atteindre ses objectifs. Damos ne ferait jamais ça.

Elle éteignit la lumière, le cœur gros. Cette fois, c'était bien fini. Elle ne le reverrait plus. Plus jamais.

Le moment était venu de reprendre sa vie sans lui.

En route pour Londres au volant d'une voiture de location, Damos réfléchissait à sa prochaine rencontre avec Kassia. Il savait qu'elle devait passer les deux prochains jours chez une ancienne camarade d'école. Il lui avait envoyé un texto dans la matinée pour lui souhaiter un bon week-end et la remercier de nouveau pour la journée de la veille. Il savait également qu'il n'était pas urgent pour elle de rentrer en Grèce. Lorsqu'il lui avait posé la question d'un ton léger au cours de la journée, elle lui avait répondu qu'elle avait encore des congés à prendre si elle le souhaitait.

Il voulait qu'elle les prenne. Avec lui. Mais comment la persuader d'accepter ? Un sourire ironique étira ses lèvres. Il n'avait pas l'habitude d'être obligé de ruser pour convaincre une femme de l'intérêt qu'il lui portait. Hier son baisemain l'avait fait trembler. L'aurait-il embrassée sans la présence du portier ? Un baiser aurait-il suffi à la persuader qu'elle lui plaisait ? Il fallait qu'il parvienne à la débarrasser de ses complexes.

Il faut que j'arrive à changer la façon dont elle se voit… afin de changer la façon dont elle me voit.

Mais comment ? Il avait des affaires à régler à Londres, mais sa priorité allait être Kassia. Ça devenait urgent. Les informations transmises depuis Athènes indiquaient que les contacts entre Yorgos Andrakis et Cosmo Palandrou se multipliaient… Ils passaient du temps ensemble. Cosmo avait visiblement été invité à bord du méga-yacht de Yorgos – que Kassia qualifiait de monstruosité – et ils avaient été vus à plusieurs reprises en train de déjeuner ensemble.

Oui, ça devient urgent.

Il avait le week-end pour trouver un moyen de franchir l'étape décisive avec Kassia.

Le dimanche il avait trouvé.

Kassia était dans le jardin de sa mère et de son beau-père, impeccablement entretenu avec ses nombreux parterres de fleurs, sa pelouse fraîchement tondue et sa piscine très tentante malgré la légère baisse des températures. Elle ferait un plongeon plus tard. En venant chez sa mère elle avait obéi à une impulsion. Elle avait passé un bon week-end chez son amie, mais à présent elle ne savait pas trop quoi faire. En fait, rien ne la retenait en Angleterre et il aurait fallu qu'elle rentre en Grèce. Cependant, elle éprouvait des réticences à partir. Et d'autres à en admettre la raison…

Elle avait envie que quelque chose la retienne en Angleterre. Ou plutôt quelqu'un. C'était stupide, elle le savait. Il n'y avait aucune raison – aucune – de penser que peut-être Damos pourrait reprendre contact avec elle. Pourquoi le ferait-il ? À Oxford il avait apprécié sa compagnie parce qu'il ne connaissait personne, mais à présent il était à Londres. Il lui avait dit en passant qu'il comptait y aller mais sans suggérer le moins du monde qu'il avait l'intention de la revoir un jour ou l'autre. Elle soupira. Il était inutile de s'attarder en Angleterre. Sa mère et son beau-père étaient en Espagne et ils ne voyaient aucun inconvénient à ce qu'elle passe quelques jours dans leur manoir, mais que faisait-elle là toute seule ? C'était absurde.

Réprimant un soupir, elle prit son téléphone. Elle allait réserver un vol pour le lendemain. Ensuite elle enverrait un texto au Dr Michaelis pour le prévenir qu'elle reprenait le travail dès le début de la semaine et qu'elle prendrait le reste de ses congés plus tard. Alors qu'elle s'apprêtait à chercher les vols pour Athènes, son téléphone sonna. Elle se figea. Damos ?

— Kassia, bonjour. Comment s'est passé votre week-end ? Bien, j'espère ? Où êtes-vous en ce moment ? Toujours en Angleterre ?

Elle ne répondit pas tout de suite, et il se raidit.

— Euh... oui. Je suis chez ma mère. Mais elle n'est pas là. Elle est en Espagne avec mon beau-père. Je... je suis sur le point de réserver mon vol de retour pour Athènes.

— Vous êtes obligée de rentrer ?

De nouveau elle ne répondit pas tout de suite et de nouveau il se raidit.

— Euh... non, pas vraiment.

Il se détendit un peu.

— Dans ce cas, je vais aller droit au but. Ai-je une chance de vous convaincre de me rendre encore un service ? demanda-t-il en s'appliquant à prendre un ton léger.

De toute évidence elle était de nouveau embarrassée, comme au début. Cependant, il avait également perçu dans sa voix des notes qui ne trompaient pas. Elle était heureuse qu'il l'appelle.

— C'est un peu osé de ma part, mais j'ai de nouveau besoin de quelqu'un pour m'accompagner à une soirée. Vous avez été si aimable la semaine dernière, je me demandais si je pourrais vous convaincre d'accepter une seconde fois. Laissez-moi vous expliquer.

Elle resta silencieuse.

— Je suis à Londres, et un peu comme à Oxford j'ai été invité à l'improviste à une soirée. Apparemment, les riches hommes d'affaires grecs sont très demandés en ce moment ! continua-t-il d'un ton malicieux. Bref, comme à Oxford il serait préférable que j'arrive accompagné. Et je crains d'avoir immédiatement pensé à vous. Qu'en dites-vous ?

C'est après-demain. Vous passeriez une bonne soirée, j'en suis sûr. C'est au Viscari St James, au bar sur le toit.

Il fit une pause.

— Alors ? Puis-je vous convaincre de venir de nouveau à mon secours ? Je ne veux pas vous harceler mais je vous en serais très reconnaissant. Bien sûr, si vous n'avez pas envie je le comprends très bien et je m'excuse de vous importuner.

C'était une technique de négociation classique. Faire une proposition puis feindre de la retirer.

— Vous ne m'importunez pas, répliqua-t-elle. Mais… Si vous pensez vraiment… ?

— Kassia, merci ! Je vous suis très reconnaissant. Voilà ce que je vous propose. J'enverrai une voiture vous chercher après-demain et je vous réserverai une chambre à l'hôtel. Tous les frais seront à ma charge, bien sûr. Ça vous convient ? Je ne vous remercierai jamais assez. Je vais juste avoir besoin de l'adresse de votre mère…

Il l'avait déjà mais il n'était pas question de le reconnaître. Elle la lui donna d'une voix un peu hésitante.

— Parfait. Écoutez, pardonnez-moi mais j'ai un appel d'Athènes en instance et je suis obligé de le prendre. Je suis désolé. Mais, Kassia… merci !

Il raccrocha précipitamment. Il n'avait pas d'appel en attente, mais il ne voulait surtout pas lui laisser le temps de changer d'avis… Il posa son téléphone et prit une bière dans le réfrigérateur. Quel soulagement ! Elle aurait pu refuser… ou avoir d'autres engagements. Mais non, elle avait accepté de faire ce qu'il voulait. Il but une grande gorgée de bière. Et ce qu'il voulait c'était la revoir. Le plus tôt possible…

Parce que ça faisait partie de son plan, bien sûr. Mais pas seulement. Parce qu'il en avait envie. Très envie… Il but une deuxième gorgée de bière. Oui, contre toute attente Kassia Andrakis n'était plus seulement un moyen d'atteindre un objectif. Elle était devenue un objectif en elle-même. Un objectif très désirable. Quand exactement ? Il n'en savait rien. Au cours de la visite de Blenheim, ou de la soirée au collège. À un moment, il en avait eu assez qu'elle ne fasse rien pour se mettre en valeur parce qu'elle se croyait dénuée de tout pouvoir de séduction. Il savait qu'il pouvait lui prouver le contraire. Il pouvait l'aider à avoir une haute opinion d'elle-même. Leur prochaine rencontre serait l'occasion idéale.

Damos termina sa bière avec un mélange de satisfaction et d'impatience. Vivement que Kassia soit auprès de lui ! D'ici demain soir, l'attente allait être interminable.

6

Kassia regarda par la vitre de la luxueuse berline noire qui était arrivée dans la matinée devant chez sa mère et qui venait de s'arrêter le long d'un trottoir au cœur de Londres. Mais pas devant le Viscari St James... Le chauffeur lui ouvrit la portière et elle descendit de voiture avec perplexité. Ils se trouvaient devant un célèbre grand magasin de luxe, dans le quartier de Knightsbridge. Qu'est-ce que... ?

Son téléphone vibra et elle le sortit de son sac. C'était Damos.

— Kassia ? Ne bougez pas. J'arrive.

Au même instant elle le vit sortir du magasin. Tandis qu'il se dirigeait vers elle à grands pas elle s'efforça d'ignorer les battements de son cœur. Mais celui-ci ne se calma pas pour autant. Pourquoi s'affolait-il à ce point ? Il ne devrait pas...

L'avant-veille, dès l'instant où Damos avait raccroché elle avait su qu'elle aurait dû lui dire non. Le simple fait d'entendre sa voix avait gonflé son cœur d'une joie beaucoup trop intense. Une réaction dangereuse, puisqu'elle n'avait aucune chance de lui plaire... Mais elle lui avait dit oui quand même. Comment aurait-elle pu refuser cette occasion inespérée de le revoir ? Mais à présent, alors qu'il approchait en souriant, elle sentait son cœur se gonfler de nouveau de la même joie. Elle ne parvenait pas à détacher ses yeux de lui. Et elle était heureuse – si heureuse ! – de lui avoir dit oui.

Et s'il semblait bizarre – et même invraisemblable – qu'à Londres où il devait connaître des gens il n'ait personne de plus approprié qu'elle à inviter ce soir… eh bien, elle s'en moquait. Au lieu de se poser des tas de questions sur les raisons pour lesquelles c'était elle qu'il avait choisie pour l'accompagner ce soir, elle allait juste s'en réjouir. Elle répondit à son sourire tandis que son cœur battait de plus en plus vite. Il la salua avec chaleur avant de s'adresser au chauffeur.

— J'en ai pour cinq minutes.

Puis il la prit par le coude et l'entraîna vers l'entrée du magasin.

— Damos, je ne comprends pas. Que faisons-nous ici ?

— Ce que je n'ai pas eu le temps de vous préciser au téléphone c'est que c'est une soirée à thème. Style Art déco, années 1930. J'ai commandé un smoking dans le style de l'époque pour moi, mais vous avez besoin vous aussi d'une tenue appropriée. Ne vous inquiétez pas.

Il eut un sourire rassurant.

— Tout est prévu. Je dois juste vous conduire auprès des spécialistes.

— Mais j'ai apporté la robe que je portais au dîner à Oxford, objecta-t-elle tandis qu'il se dirigeait vers des ascenseurs.

— Pas assez Art déco.

Il l'invita d'un geste à le précéder dans une cabine.

— Ils vont s'occuper de tout. Et bien sûr, les frais sont à ma charge. Vous avez juste à vous détendre et à vous laisser faire.

Tout étourdie, Kassia resta silencieuse tandis que

l'ascenseur s'élevait dans les étages. Revoir Damos était encore plus troublant qu'elle ne le prévoyait. Ce regard dont il l'enveloppait… Ce sourire… Et cette façon de la prendre en charge… Où l'emmenait-il ?

Lorsque les portes se rouvrirent, une femme d'un certain âge très élégante les attendait. Elle sourit à Kassia.

— Si vous voulez bien me suivre, madame.

Kassia jeta un coup d'œil interrogatif à Damos.

— À tout à l'heure, dit-il avec un large sourire avant de remonter dans la cabine. Quand vous serez prête, la voiture vous conduira au Viscari.

Les portes se refermèrent et Kassia suivit la femme d'un pas mal assuré en s'efforçant de se ressaisir. Elle allait juste essayer une robe pour une soirée costumée. Rien de plus.

Debout devant la fenêtre de sa suite du Viscari, Damos contemplait St James's Park, au-delà duquel on apercevait le toit du palais du même nom. Dans une main, il avait un verre de whisky. L'autre était dans la poche d'un pantalon plus large que ceux qu'il portait d'ordinaire. Sa veste, portée sur un gilet blanc à col en V, était d'une coupe également originale. Plus cintrée que celles de ses smokings habituels, et avec des épaules plus larges. Il avait acheté pour l'occasion des boutons de manchette en or et le col de sa chemise était raide d'amidon. Mais ce n'était pas au style années 1930 de son costume qu'il pensait. C'était à Kassia.

Cette soirée Art déco fournissait un prétexte idéal pour confier Kassia à des professionnels. C'était l'occasion parfaite de lui offrir un relooking sans la froisser. Elle ne devrait pas tarder. La conseillère en image du magasin venait de l'appeler pour le prévenir qu'elle était en route. Il fit tinter les glaçons dans son verre de whisky en s'efforçant de surmonter son impatience. Cette soirée verrait l'aboutissement de ses efforts. D'ici demain matin, les intentions que nourrissait Yorgos Andrakis pour sa fille s'en iraient en fumée. Parce que demain matin Kassia Andrakis ne serait plus pour Cosmo Palandrou une épouse appropriée.

Les doigts de Damos se crispèrent sur son verre. La pensée qui s'était imposée à lui lors du dîner à Oxford le poursuivait.

Parle-lui. Explique-lui que tu sais de source sûre que son père a l'intention de la marier à Cosmo Palandrou.

Mais sa position restait la même. Trop risqué. Pas seulement en ce qui concernait sa détermination à déjouer les plans de Yorgos Andrakis. C'était surtout un autre risque qu'il voulait à tout prix éviter. Qu'elle croie qu'il ne s'intéressait à elle que pour remporter une victoire sur son père. C'était vrai au début, mais plus maintenant. Il ne voulait pas qu'elle croie ça. Ce serait catastrophique.

Voilà pourquoi il était important qu'elle ait une meilleure image d'elle-même. Il fallait qu'elle accepte l'idée qu'elle lui plaisait. Le relooking de ce soir devait lui prouver une fois pour toutes qu'elle n'avait aucune raison de se rendre invisible en refusant de se mettre en valeur. Il voulait qu'elle découvre son propre pouvoir de séduction. Afin qu'elle n'ait aucune raison de douter de son désir pour elle. Damos se détendit et jeta un coup d'œil à l'écrin posé sur une console en face du bar, dans le salon de sa suite. La touche finale pour ce soir. Son téléphone émit un signal. C'était un texto du chauffeur. Kassia venait d'arriver. Il vida son verre et le posa sur le bar, vibrant d'impatience.

Après être descendue de voiture avec d'infinies précautions Kassia suivit le groom à qui le chauffeur venait de confier son sac. Elle pénétra dans le hall d'un pas prudent. Elle ne s'était toujours par remise du choc qu'elle avait reçu quand la conseillère en image du magasin l'avait fait pivoter lentement sur elle-même pour qu'elle se regarde dans la psyché du salon d'essayage privé. En voyant son reflet elle était restée interdite.

Il était vrai que pendant trois heures un essaim de spécialistes de soins en tout genre s'étaient occupées d'elle. Elles avaient commencé par les cheveux, qui avaient été lavés, subtilement teintés, revitalisés, légèrement coupés, enduits de baume coiffant et enfin séchés avec art. Entre le premier lavage de cheveux et les soins suivants, elle avait eu droit à un nettoyage de peau suivi de la pose d'un masque, puis de l'application de crèmes diverses. Ses sourcils avaient été épilés, ses cils teintés et ses mains manucurées. Ensuite on l'avait maquillée. Et enfin, après lui avoir fait enfiler une culotte, un caraco et des bas de soie, on avait apporté la robe. Le souffle coupé par la souplesse et le soyeux du tissu chatoyant, elle l'avait revêtue avec l'aide de la couturière. Celle-ci ayant constaté qu'aucune retouche n'était nécessaire, on lui avait présenté les sandales argentées qui complétaient sa tenue. Et dont les talons d'une hauteur vertigineuse – en tout cas pour elle – ne l'aidaient pas à retrouver une démarche assurée. Depuis qu'elle avait vu son reflet dans le miroir, elle était en proie à un mélange d'incrédulité et d'émerveillement qui menaçait son sens de l'équilibre. Sans compter cette impression extravagante d'être éclairée de l'intérieur, qui la faisait frissonner délicieusement.

Dans le hall de l'hôtel elle prit conscience que le groom

avait disparu et elle chercha les ascenseurs du regard. Un employé de l'hôtel s'avança vers elle.

— Puis-je vous aider, madame ?

Elle murmura le numéro de suite que Damos lui avait envoyé par texto.

— Bien sûr. Par ici, s'il vous plaît.

Il l'accompagna jusqu'à un ascenseur, dont les portes se rouvrirent quelques instants plus tard sur un autre hall. Il la conduisit jusqu'à la porte portant le numéro dix et sonna à l'Interphone. La porte s'ouvrit et il s'éclipsa dès qu'elle franchit le seuil de la suite. Elle venait d'entrer dans un salon au décor raffiné, du moins ce fut son impression. Parce qu'elle ne vit pas grand-chose à part Damos. Debout devant la fenêtre il la regardait. Sans bouger. Parfaitement immobile. Mais malgré la distance, elle perçut dans ses yeux une lueur qui la transporta. C'était comme si la petite lueur qui l'éclairait de l'intérieur redoublait d'éclat...

Damos était cloué sur place. Incapable de bouger le moindre muscle. Hypnotisé. Il continua de dévorer Kassia des yeux pendant un long moment avant de s'exclamer :

— Vous êtes superbe !

Il n'y avait pas d'autre mot. Avec un sourire triomphant, il la rejoignit et lui prit les deux mains.

— Je le savais !

La dernière image qu'il avait d'elle dans sa robe peu flatteuse, sans maquillage et les cheveux noués était à des années-lumière de celle qu'elle offrait à présent. Sa robe moulante à fines bretelles, qui s'évasait en plis légers à partir du mollet, était taillée en biais dans un tissu chatoyant dont les reflets argent rappelaient ceux de ses yeux. Des yeux dont un maquillage raffiné faisait ressortir tout l'éclat. Ses pommettes étaient rehaussées par du blush, et sa bouche – oh, sa bouche ! – était soulignée par du rouge à lèvres grenat. Assorti à son vernis à ongles, constata-t-il en baissant les yeux sur ses mains manucurées. Ses cheveux, dont la couleur était avivée par des mèches cuivrées, étaient rassemblés sur une épaule, souples et brillants, enfin libérés de leur sempiternel chignon.

Quant à sa silhouette... Enfin, il voyait ce que ses vêtements informes lui avaient invariablement caché jusque-là ! Sa sublime silhouette élancée, gracieuse et finement sculptée. Il lui pressa les mains.

— Kassia, je n'arrive pas à croire que vous cachiez tout cela !

— Je... Je n'avais pas conscience de le cacher.

Il laissa échapper un petit rire triomphant et lui baisa tour à tour les deux mains.

— Eh bien, une chose est sûre. Vous ne le cacherez plus jamais !

Lui lâchant une main, il l'entraîna vers le miroir accroché au mur au-dessus de la console et regarda leurs reflets côte à côte. Il vit l'éclat des reflets argentés de ses yeux s'accentuer.

— Cent pour cent Hollywood années 1930, constata-t-il. Tous les deux !

Leurs regards se rencontrèrent dans le miroir, puis elle promena le sien sur lui.

— Vous êtes fantastique vous aussi.

— Nous avons tous les deux la tête de l'emploi. Oh ! Kassia... Je n'en crois toujours pas mes yeux !

— Moi non plus.

Elle eut un petit rire timide.

— Je ne me suis toujours pas remise du choc que j'ai reçu en me voyant tout à l'heure. Je ne me doutais pas du tout...

Sa voix s'éteignit.

— Moi si, Kassia. Je me doutais que vous croyiez tout simplement ce que vos parents pensaient de vous. Mais ils vous jugent d'après des critères très personnels. Réfléchissez. Vous m'avez dit que votre mère était petite et pulpeuse. C'est sans aucun doute ce qui a attiré votre père. Il doit aimer ce genre de femmes. Mais vous n'êtes pas obligée de ressembler à votre mère pour être superbe, Kassia. Ce soir, tout le monde, et je dis bien tout le monde, va penser que j'ai au bras le nouveau top-modèle en vue !

Il exultait. Il avait réussi ! Kassia se voyait d'un autre œil. Comment pourrait-il en être autrement avec l'image que lui renvoyait son reflet ? Elle disait avoir reçu un choc et elle était peut-être encore incrédule, mais le plaisir de se regarder se lisait dans ses yeux. Et elle était tout simplement rayonnante.

— Prenons un verre avant de monter sur le toit, dit-il. Nous avons du temps devant nous. Que puis-je vous servir ?

Elle détourna les yeux du miroir comme à contrecœur.

— Oh. Eh bien... s'il y a du vin à la soirée, il vaut mieux que je me contente d'un spritz orange.

— Tout de suite.

Il la servit, puis il se versa un verre d'eau gazeuse. Il avait déjà pris un whisky et il n'avait pas envie de boire trop d'alcool. Vu les projets très précis qu'il avait pour la fin de la soirée, c'était préférable. Lorsqu'ils trinquèrent, leurs regards se rencontrèrent et il vit les pupilles de Kassia se dilater. Assailli par une bouffée de désir, il réprima un sourire triomphant. Oui, il avait réussi. Elle était prête. Prête à accepter son désir pour elle. Prête à y croire.

— À ce soir, murmura-t-il. À une soirée fantastique !

Et à une nuit plus fantastique encore !

Kassia avait l'impression d'être dans un rêve. Elle avait encore du mal à y croire et pourtant… Chaque coup d'œil qu'elle se lançait dans le miroir lui prouvait qu'elle ne rêvait pas. Et puis il y avait ce qu'elle lisait dans les yeux de Damos quand il la regardait. C'était ce qu'elle avait rêvé d'y lire depuis qu'elle le connaissait sans croire un seul instant que c'était possible.

Aujourd'hui elle avait sous les yeux la preuve qu'elle se trompait. Aujourd'hui, elle découvrait qu'elle n'avait aucune raison d'envier les créatures glamours qu'elle avait vues au bras de Damos Kallinikos sur Internet. Elle était l'une d'elles… C'était à la fois incroyable et grisant. Était-il possible qu'il ait raison à propos de ses parents ? Il semblait bien que oui. À force d'entendre leurs réflexions elle avait fini par les croire. Elle n'avait jamais tenté de se mettre en valeur parce qu'elle était persuadée que c'était inutile. Qu'elle n'avait rien à montrer…

Et c'était Damos qui avait vu ce qu'elle-même avait été incapable de voir. C'était lui qui lui avait ouvert les yeux. C'était lui qui l'avait amenée à se voir différemment…

Il posa son verre, prit une boîte plate sur la console située sous le miroir et l'ouvrit.

— Tenez, pour compléter votre costume.

Elle écarquilla les yeux. En fait de boîte c'était un écrin, qui contenait une fine rivière de diamants et deux broches en diamants de style Art déco.

— Ce sont des bijoux *vintage*. Je les ai loués pour la soirée, ajouta-t-il.

Il prit les broches et les lui tendit. Se tournant vers le miroir, elle les accrocha avec précaution à la base de chacune des bretelles de sa robe.

— Et maintenant le collier, dit-il.

Il se plaça derrière elle pour le lui passer autour du cou en écartant ses cheveux, puis il le ferma. Les diamants étaient froids sur sa peau, mais ses doigts délicieusement chauds. Quand il eut terminé il posa les mains sur ses bras et ils se regardèrent dans le miroir.

— Vous êtes d'une beauté éblouissante, Kassia.

Sa voix était rauque, et ses yeux… oh, ses yeux… Il se pencha lentement et déposa un baiser léger comme un papillon sur son épaule. Envahie par une vive chaleur, elle ferma brièvement les paupières. Quand elle les rouvrit, elle rencontra son regard dans le miroir.

— Ma belle, si belle Kassia, murmura-t-il d'une voix rauque.

Elle soutint son regard, le souffle court. Ils restèrent un instant immobiles les yeux dans les yeux, puis il la lâcha et lui offrit son bras.

— Que la soirée commence, dit-il en souriant.

Elle prit son bras en lui rendant son sourire.

Le jardin sur le toit terrasse du Viscari St James était tout illuminé. Des guirlandes électriques clignotaient dans les arbres, des spots se nichaient dans les buissons et des enseignes lumineuses des années 1930 étaient suspendues tout autour du bar à façade et toit vitré.

— On se croirait au royaume des fées ! s'exclama Kassia.

Sa main était toujours posée sur le bras de Damos et par moments elle s'appuyait sur lui. Peut-être avait-elle besoin de temps pour s'habituer à ses talons aiguilles. À moins qu'elle soit un peu nerveuse ? Au moment où ils étaient arrivés sur le toit déjà bondé, il l'avait sentie se raidir imperceptiblement. Parce qu'elle était embarrassée de ne plus passer inaperçue ? Comme prévu, elle attirait tous les regards.

C'était agréable de la sentir s'appuyer contre lui... Ils formaient un couple bien assorti, il le savait. Même avec ses talons elle était encore un peu plus petite que lui. Et si svelte dans sa robe moulante qui dévoilait des épaules à la fois délicates et musclées. Se sentant soudain très possessif, il l'attira plus près de lui. Elle était avec lui pour la soirée.

Et pour la nuit.

Parce qu'ils allaient passer la nuit ensemble. Il ne pouvait pas en être autrement. Jamais il n'avait voulu quelque chose à ce point. Kassia, avec lui.

Quel chemin parcouru ! Dire que la première fois qu'il l'avait vue elle était à genoux dans une tranchée de fouilles dans des vêtements informes et couverts de poussière. Le visage rouge, les cheveux rassemblés sur la nuque dans un chignon dont s'échappaient des mèches humides de sueur... À ce moment-là il ne s'intéressait à elle qu'à cause de son père. Quelle différence aujourd'hui ! Certes elle était toujours Kassia Andrakis, mais ce soir tout ce qui comptait pour lui c'était Kassia.

Il prit deux flûtes de champagne sur le plateau d'un serveur et lui en tendit une. Elle cessa de contempler le jardin pour reporter son attention sur lui. Leurs regards se rencontrèrent et restèrent un instant plongés l'un dans l'autre.

— À une soirée mémorable, murmura-t-il en faisant tinter son verre contre le sien.

Ils burent les yeux dans les yeux, et ce fut soudain comme si tous les gens autour d'eux avaient disparus. Mais bientôt une voix rompit le silence.

— Damos ! Content de vous voir !

Un couple venait vers eux. Les Cardman, des relations londoniennes par l'intermédiaire de qui il avait été invité à cette soirée. Il les salua et fit les présentations.

— Charles est courtier maritime, précisa-t-il.

La femme de Cardman se tourna vers Kassia.

— Vous connaissez Damos depuis longtemps ?

— Pas très, répondit Kassia avec un sourire poli.

— Qu'est-ce qui vous amène à Londres ? demanda Charles Cardman.

— J'étais à Oxford pour assister à une conférence et je suis tombée sur Damos par hasard. Il m'a très gentiment invitée à l'accompagner ce soir. Ce jardin est extraordinaire ! C'est la première fois que je vois un jardin sur un toit.

— Une conférence ? demanda Valerie Cardman.

Bien qu'ayant plusieurs années de moins que son mari, elle était plus âgée que Kassia. C'était une très jolie femme, mais Kassia l'éclipsait. Peut-être Valerie Cardman en était-elle contrariée ? se demanda Damos avec une pointe de cynisme.

— Oui. Sur la Grèce antique. Je suis archéologue.

Charles Cardman s'esclaffa.

— Je croyais que tous les archéologues étaient horriblement vieux !

— Eh non, pas tous, intervint Damos.

Puis il posa une question à Charles sur ses affaires pour changer de sujet. Pendant que ce dernier répondait, il entendit Valerie demander à Kassia où elle avait trouvé sa robe. Kassia lui indiqua le nom du magasin et ajouta :

— Damos a eu la gentillesse de tout organiser pour moi. Je n'avais pas de tenue appropriée. Elle est excessivement moulante, n'est-ce pas ? Je ne sais pas comment les actrices de Hollywood arrivaient à respirer. Moi, j'ai un mal fou ! La vôtre est splendide. Comme celle avec des plumes que Ginger Rogers porte dans ce film où elle danse avec Fred Astaire sur une terrasse au clair de lune. Et vous avez la même silhouette parfaite !

Tout en discutant avec son mari, Damos jeta un coup d'œil à Valerie. Elle se rengorgeait.

— C'est justement à elle que je voulais ressembler ! s'exclama-t-elle. Vous dansez ? Plus tard on dansera. Pas des danses modernes, des danses de salon.

Kassia secoua la tête.

— Pas du tout. Et vous ?

— Oh ! j'étais danseuse professionnelle.

— C'est fantastique ! Pas étonnant que vous ayez choisi de ressembler à Ginger Rogers ce soir !

Damos entendit avec surprise de l'admiration dans la voix de Kassia.

— Je ne sais pas comment elle arrivait à faire ces incroyables numéros de danse en talons aiguilles, poursuivit-elle. Moi j'arrive à peine à marcher avec ces chaussures. Alors danser... Étant donné ma taille je suis habituée aux talons plats.

— Oh ! on s'habitue aux talons... même pour danser. Mais ça demande quand même de la force musculaire. Et un bon équilibre.

— J'imagine… Et sûrement de la discipline et beaucoup d'entraînement.

— Des années, acquiesça Valerie.

— Et du talent, intervint son mari en souriant.

Elle rit, visiblement ravie de ce compliment. La conversation devint générale, et Damos constata que Kassia s'entendait beaucoup mieux avec Valerie qu'il ne l'aurait imaginé. Mais peut-être avait-il l'habitude de fréquenter des femmes en compétition les unes avec les autres, qui se voyaient comme des rivales. Kassia n'était pas du tout comme ça. Elle avait désarmé l'épouse de Charles Cardman en se contentant d'être naturelle et cordiale. De même, au dîner à Oxford elle s'était liée facilement avec tout le monde, s'adaptant à chacun de ses interlocuteurs, homme ou femme, et manifestant son intérêt pour la conversation. En fait, la plupart des femmes qu'il connaissait ne s'intéressaient qu'à elles-mêmes. Kassia était complètement différente…

Il fallait d'ailleurs reconnaître que depuis qu'il la connaissait ses propres horizons s'étaient élargis en raison de l'intérêt qu'elle portait aux autres et à des tas de sujets auxquels il n'avait jamais accordé la moindre attention. Pendant les longues années de travail acharné qui avaient permis au matelot qu'il était à ses débuts de devenir un homme d'affaires prospère, il avait vécu avec des œillères. Concentré sur un seul objectif. Gagner toujours plus d'argent. Et les femmes qu'il choisissait comme maîtresses n'avaient qu'une seule fonction. Celle de signe extérieur de réussite. Que leur compagnie lui soit agréable ou non n'entrait jamais en ligne de compte.

Avec Kassia aussi, au départ il avait eu la même démarche. Il ne s'était intéressé à elle que parce qu'elle pouvait lui être utile. Aujourd'hui, ce qui comptait pour lui c'était avant tout la femme qu'elle était.

J'ai changé.

Il la regarda. Elle discutait toujours avec les Cardman. Ses yeux étaient brillants et son visage expressif. Il fut soudain envahi par une émotion intense. Une émotion étrange qu'il n'avait jamais éprouvée auparavant. Que lui arrivait-il ?

Au même instant Charles Cardman se tourna vers lui, l'empêchant de s'interroger plus longuement.

— Et vous ? Vous dansez le fox-trot ?

Il dut faire un effort pour reprendre la conversation.

— Pas du tout. Je dois pouvoir me débrouiller pour la valse, mais c'est à peu près tout.

— Ah, mais sur quel tempo ? demanda Valerie. Rapide ou lent ?

— Ça fait une différence ? demanda-t-il, déconcerté.

— Oh ! oui !

Elle se lança dans des explications techniques et il leva la main.

— Je suis déjà perdu ! Je vais me contenter de faire de mon mieux.

Il lança un regard contrit à Kassia.

— Et j'essaierai de ne pas vous marcher sur les pieds !

— Oh ! vous allez vous en sortir tous les deux. Charles et moi nous danserons d'abord avec chacun de vous pour vous donner une petite leçon rapide. Charles se débrouille très bien pour un amateur, ajouta Valerie en tapotant le bras de son mari.

Damos la remercia en souriant. C'était très aimable à elle, mais ce n'était pas avec Valerie Cardman qu'il voulait danser. C'était avec Kassia.

L'enlacer… la serrer contre moi… Elle est la seule femme que je veux dans mes bras. Et dans mon lit. La seule femme…

De nouveau, la même émotion étrange, intense, s'empara de lui.

7

Kassia entra dans l'ascenseur avec un sourire rêveur.

— Quelle soirée merveilleuse !

Elle fredonna quelques notes d'un air des années 1930 qu'elle avait dans la tête. À côté d'elle, Damos pouffa. Elle leva les yeux vers lui.

— Merci infiniment de m'avoir invitée. Je n'aurais raté ça pour rien au monde !

— C'était un plaisir, répliqua-t-il en souriant.

Avec ses talons elle était presque aussi grande que lui, et ça faisait une impression étrange. Mais au moins elle avait pris l'habitude de marcher avec. Et même de danser ! Sans aucune chance de rivaliser avec Valerie, bien sûr. Celle-ci avait un tel style qu'au début les danseurs s'étaient écartés pour lui laisser la place de faire une démonstration avec son mari. Mais très vite les Cardman avaient insisté pour que Damos et elle les rejoignent sur la piste afin de leur donner la leçon promise. Bien que le dépassant d'une bonne tête, elle avait donc dansé tant bien que mal avec Charles, sans pouvoir s'empêcher de surveiller du coin de l'œil sa femme, qui dansait avec Damos. Ce qui lui avait permis de constater qu'elle n'aimait pas voir Damos avec une autre femme.

Pour le morceau suivant, une valse lente, Charles et Valerie les avaient libérés pour recommencer à danser ensemble. Quand Damos s'était tourné vers elle, un long frisson l'avait parcourue et elle avait failli rester clouée sur place. Il lui avait pris la main et glissé son autre bras autour de sa taille.

— Posez votre main libre sur mon épaule, avait-il murmuré.

Elle s'était exécutée avec un geste hésitant, et il l'avait entraînée dans un lent tourbillon enivrant. C'était cette valse qu'elle fredonnait à présent en regardant son cavalier. Que lui arrivait-il ? Elle n'en savait rien. Comment avait-elle réussi à le suivre sans trébucher sur ses talons aiguilles alors qu'ils tournoyaient sur la piste au son de cette musique ensorcelante ? Elle ne savait pas non plus. Tout ce qu'elle savait c'était que son cœur s'était gonflé d'une joie indicible dès les premières mesures, que son corps s'était accordé avec le sien comme par magie, et que son regard s'était perdu dans le regard brûlant de ses yeux bruns.

Depuis, elle flottait sur un petit nuage qui avait un air de paradis. Elle flottait encore et encore...

L'ascenseur s'immobilisa et les portes s'ouvrirent. Damos l'entraîna dans le couloir, il glissa sa carte-clé dans la serrure, il ouvrit la porte de sa suite, il s'effaça... Et elle entra... sans même penser à demander où se trouvait sa chambre... sans penser à rien...

Il referma la porte derrière eux... Il la saisit par les épaules pour la faire pivoter face à lui... Il la prit dans ses bras...

Ses lèvres étaient douces, si douces... Il devait faire appel à toute sa volonté pour se contenter de les effleurer du bout des siennes. Les bras autour de sa taille, il lui releva lentement la tête et plongea son regard dans le sien.

— Tu ne peux pas savoir à quel point j'avais envie de ça.

Elle le fixait, les yeux écarquillés, aussi scintillants que sa robe, d'un air si émerveillé, si ébloui... Il n'y avait qu'une chose à faire. Il l'embrassa de nouveau. Et cette fois il fut incapable de contenir son désir. Un désir qu'elle avait éveillé dès l'instant où elle était apparue sur le seuil du salon dans sa beauté resplendissante enfin révélée. Un désir qui n'avait cessé de s'intensifier tout au long de la soirée. Danser avec elle avait été à la fois un ravissement et une torture. À présent la torture avait enfin disparu.

Les bras de Damos se resserrèrent autour de la taille de Kassia et il l'attira plus près de lui tout en approfondissant son baiser. Elle y répondit en laissant échapper un petit gémissement qui acheva de l'enflammer. Était-elle consciente de l'effet qu'elle lui faisait ? Il approfondit encore son baiser tandis qu'elle refermait une main sur sa nuque puis enfonçait les doigts dans ses cheveux. Et contre son torse il sentit les pointes durcies de ses seins. Il s'arracha à sa bouche et plongea son regard dans le sien.

— Viens, murmura-t-il d'une voix rauque.

Ils restèrent un moment immobiles, les yeux dans les yeux, puis il l'entraîna vers sa chambre.

Sa robe glissa sur elle et tomba telle une flaque à ses pieds, la laissant en culotte, caraco et bas de soie. Elle était incapable de bouger, hypnotisée par le regard brûlant de Damos. Il dit quelque chose en grec mais elle ne saisit pas les mots, tant elle était assourdie par les battements de son cœur. Il s'agenouilla pour lui enlever ses sandales, puis il dégrafa la dentelle qui maintenait ses bas sur ses cuisses et fit glisser lentement ces derniers jusqu'à ses chevilles. Lorsqu'il se releva, elle avait le souffle court et les jambes tremblantes.

— À ton tour.

Transportée par sa voix rauque, elle le débarrassa de sa veste, de son nœud papillon et de son gilet avant de commencer à déboutonner sa chemise. Avant d'avoir terminé, elle ne résista pas à l'envie de glisser la main dessous. Savourant le contact de son torse musclé recouvert d'une fine toison, elle laissa échapper un petit soupir d'aise. Comme si c'était un signal, il lui saisit le poignet d'un geste vif et écarta sa main. Avant qu'elle ait le temps de comprendre comment il s'y prenait, il la souleva de terre et la déposa sur le lit. Fascinée, elle le regarda finir de déboutonner sa chemise et la laisser tomber par terre. Instinctivement, elle ferma les yeux. Damos habillé lui faisait un effet dévastateur, alors Damos nu...

Elle sentit le matelas s'enfoncer à côté elle et rouvrit les yeux. Il se pencha sur elle en riant.

— Oh ! Kassia... timide à ce point ?

Elle soutint son regard, le cœur battant à tout rompre, parcourue de longs frissons et envahie par une chaleur délicieuse. Et pourtant...

— Oui... je crois bien, répondit-elle avec un sourire hésitant.

Il captura brièvement sa bouche.

— Laisse-moi faire.

Elle suivit ce conseil avec joie.

Il la débarrassa de son caraco et enveloppa ses seins d'un regard ébloui avant de les caresser longuement, puis de sucer et de mordiller tour à tour leurs bourgeons hérissés, lui arrachant des gémissements étouffés. Sa bouche descendit ensuite vers son ventre, qu'il parsema de baisers avant de lui ôter sa culotte. Il se redressa, se pencha de nouveau sur un sein, referma les lèvres sur sa pointe encore frémissante et glissa la main entre ses cuisses. Assaillie par des sensations inouïes, elle laissa échapper un cri étranglé. Tandis qu'il accentuait peu à peu ses caresses, le feu qui s'était déclenché au creux de ses reins se répandit dans tout son corps. Un plaisir inconnu, prometteur, montait peu à peu en elle, de plus en plus intense, de plus en plus addictif, si addictif qu'elle ne s'appartenait plus. Ses reins se creusaient d'eux-mêmes, ses doigts se crispaient sur l'épaule de Damos, sa tête roulait sur l'oreiller. La vague qui la submergea lui coupa le souffle, étouffant son cri de jouissance. Le plaisir qui déferlait en elle était encore plus fabuleux que prévu. Plus extraordinaire, plus… Damos se redressa, prit place entre ses cuisses, la saisit par les hanches et s'enfonça en elle, avivant le feu qui la consumait S'agrippant à ses épaules, elle se laissa emporter dans une danse échevelée. Leurs deux corps ne faisaient qu'un, et le plaisir qui montait de nouveau en elle s'annonçait encore plus prodigieux, encore plus démesuré…

Il lui arracha un long cri aigu, auquel fit écho celui de Damos. Elle referma les bras sur lui et le serra étroitement contre elle. Oui, ils ne faisaient qu'un. Leurs cœurs battaient au même rythme, aussi fort et aussi vite l'un que l'autre. Il se souleva légèrement et posa la main sur sa joue en plongeant son regard dans le sien. Un regard qui décupla son euphorie.

— Kassia…

Juste son prénom… Juste ce qu'elle avait envie d'entendre… Elle lui sourit, le cœur gonflé de tendresse.

— Je ne pense pas que je serai timide la prochaine fois.

Il laissa échapper un petit rire étranglé.

— Allons bon, Kassia. Si ça, c'était toi timide...

Il la fit rouler sur le côté pour pouvoir resserrer ses bras autour d'elle. Puis il l'embrassa avec une ferveur pleine de promesses. Un frisson délicieux la parcourut. La nuit n'était pas finie...

Les bras refermés sur Kassia blottie contre lui, Damos somnolait alors que les premières lueurs du jour s'insinuaient dans la chambre par les fentes des rideaux. C'était incroyable... Comment aurait-il pu deviner ce qui se passerait entre eux quand il l'avait vue pour la première fois à genoux dans une tranchée poussiéreuse ? Comment aurait-il pu imaginer cette passion ? Ce plaisir prodigieux ?

De nouveau, cette émotion étrange et intense qui commençait à devenir familière s'empara de lui. À quoi correspondait-elle ? Il n'en savait rien. Il savait juste qu'elle le possédait tout entier. Nonchalamment, il effleura la hanche de son amante et déposa un baiser au creux de son épaule. Oui, quelle passion ! Elle s'y était abandonnée sans la moindre inhibition. Sans chercher à refréner le désir ardent qui la dévorait. Mais il n'était peut-être pas très judicieux de se remémorer cette nuit, alors qu'elle était nue dans ses bras...

La main de Damos quitta la hanche de Kassia pour se loger sur le triangle soyeux en haut de ses cuisses. Ses lèvres remontèrent le long de son cou pour glisser vers sa bouche. Son désir pour elle était décidément insatiable... Elle se réveilla, elle tourna la tête vers lui et sa bouche trouva la sienne. Ses reins se creusèrent, ses fesses se pressèrent contre son sexe durci et ses cuisses s'écartèrent. Il laissa échapper un rire joyeux et son baiser se fit plus avide. Elle se tourna face à lui pour mieux y répondre. Il ferma de nouveau la main sur sa hanche, elle écarta les cuisses et creusa les reins. Il s'enfonça en elle avec un grognement sourd, elle l'accueillit avec un gémissement étouffé... puis la passion les emporta dans un nouveau tourbillon de sensualité brûlante.

8

Debout à côté de Damos, Kassia contemplait le *loch*. Lui était-il arrivé de rêver que la vie pourrait être aussi merveilleuse ? Non. Jamais elle n'aurait pu imaginer avoir un homme aussi extraordinaire que Damos dans sa vie.

Depuis la nuit fabuleuse qu'elle avait passée avec lui elle nageait dans le bonheur. Sa vie était transformée. Elle lui jeta un coup d'œil ébloui. Il observait aux jumelles un grand oiseau qui survolait le bois derrière lequel s'élevait un mont arrondi, à l'extrémité du *loch*.

Était-ce bien réel… était-elle vraiment ici avec lui ? Ou était-elle en train de rêver ?

Le lendemain de leur nuit fabuleuse, elle avait eu l'impression d'être dans un rêve. Mais c'était un rêve qu'il transformait en réalité chaque jour. Ils avaient passé toute la journée ensemble au lit dans sa suite, où ils s'étaient fait servir les repas. Après une deuxième journée sans sortir de la chambre, il avait déclaré : « Quittons Londres. Je te veux rien qu'à moi. À des kilomètres de tout. » Elle avait accepté avec enthousiasme. Elle le voulait rien qu'à elle également.

Les Highlands en Écosse étaient la destination idéale. Ici, sur cette petite plage de galets baignée par un *loch* étroit, la seule habitation à des kilomètres à la ronde était celle où ils logeaient. Un château. Un véritable château écossais. À eux seuls pour deux semaines. En pierre, il était situé en retrait de la rive du *loch*. Le rez-de-chaussée était occupé par un hall imposant aux murs couverts d'armes effrayantes, un salon doté d'une énorme cheminée et de confortables canapés recouverts de tartan, ainsi qu'une élégante salle à manger lambrissée meublée d'une grande table et de buffets en chêne. À l'étage il y avait une chambre dans laquelle trônait un lit à baldaquin aux épais rideaux de velours, et dont le parquet était recouvert de confortables peaux de mouton. Le château était ancien, mais équipé d'une chaudière et de sanitaires modernes. Un couple marié, les MacFadyen, s'occupaient de l'intendance.

Kassia avait envoyé un texto au Dr Michaelis depuis Londres pour le prévenir qu'elle avait finalement décidé de solder ses congés, puis elle était partie pour le nord en compagnie de Damos, le cœur en fête. Était-ce raisonnable de sa part d'avoir accepté cette escapade en sa compagnie ? Après tout, comme elle l'avait dit à Valerie elle ne le connaissait pas depuis très longtemps. Il y avait eu le dîner à bord de son yacht, la sortie à Blenheim, la soirée au collège d'Oxford, puis celle, dansante et Art déco, au Viscari. Ils avaient passé à peine trois jours ensemble.

Et pourtant, elle n'avait pas hésité à se lancer dans une aventure enivrante avec lui. *Que sais-je de lui ? Que sais-je réellement de lui ?* Cette question s'imposa à son esprit mais elle la chassa aussitôt.

— C'est un aigle, j'en suis sûr ! s'exclama Damos.

Elle fut soulagée de cette diversion.

— Je crois que les aigles vivent en altitude, non ?

— Alors il est descendu du *ben*.

Damos baissa ses jumelles.

— Pourquoi les monts écossais sont-ils appelés des *bens* ?

— Aucune idée. Il faudra vérifier. C'est sans doute du gaélique. En revanche je sais ce qu'est un *munro*.

— Un *munro* ?

— Oui, c'est un sommet qui s'élève à plus de trois mille pieds, soit neuf cent quatorze mètres. Les *munros* ont été nommés ainsi en l'honneur de Sir Hugh Munro, le premier à les avoir tous répertoriés à la fin du XIXe siècle. Depuis, escalader le plus de *munros* possible est devenu un passe-temps populaire en Écosse. On appelle ça le *munro-bagging*.

— Pourrions-nous en escalader un ?

— Il faudrait être convenablement équipés. Pour atteindre le sommet de beaucoup d'entre eux il n'est pas nécessaire de faire de l'escalade. Mais même pour la marche il faut un minimum d'équipement. Les inconscients qui partent en baskets et T-shirts font souvent des chutes et il faut appeler les secours.

— Nous allons acheter l'équipement nécessaire. On doit trouver ça partout en Écosse. Nous irons à Inverlochy en voiture et nous prendrons tout ce dont nous aurons besoin. Tu es partante pour escalader un munro ?

Elle le regarda en réprimant un sourire. Pour Damos elle grimperait jusqu'au sommet de n'importe quelle montagne…

— Mais pas aujourd'hui, ajouta-t-il. Aujourd'hui c'est un jour pour découvrir les environs.

Il promena son regard autour de lui.

— C'est un endroit fantastique. Un *loch* pour nous tout seuls… un château pour nous tout seuls. Et même du soleil.

— Et des moucherons. La plaie de l'été écossais !

Elle pouffa.

— Il y en a moins ici au bord du *loch*, j'ai l'impression. La brise les éloigne.

— Nous pourrions pique-niquer ici.

— Comment peux-tu déjà penser au déjeuner après ce petit déjeuner gargantuesque que nous a servi Mrs MacFadyen ? Tu as englouti au moins deux harengs et une demi-douzaine de *pancakes* écossais. Et ensuite tu as attaqué les œufs au bacon et les toasts à la confiture !

— J'ai besoin de renouveler mes réserves d'énergie.

Les yeux étincelants, il déposa un baiser sur ses lèvres.

— Et toi aussi. Contente d'être venue ?

— Oh ! oui, répondit-elle, le cœur battant.

Les questions qu'elle n'avait pas envie de se poser s'évanouirent dans l'air vif des Highlands. Elle ne connaissait peut-être pas Damos depuis longtemps, mais comment pourrait-elle regretter cette escapade ? Leur rencontre fortuite à Oxford n'avait-elle pas été un signe ? Ils s'étaient si bien entendus dès le début. Elle passait des moments magiques avec lui. Et pas seulement au lit.

Nous aimons discuter ensemble, rire ensemble, être ensemble. Et c'est si naturel, si joyeux... comme si nous étions faits pour nous rencontrer.

C'était sûrement un signe qu'elle pouvait faire confiance à Damos et croire à ce bonheur merveilleux.

— Bien, commenta-t-il avec une satisfaction manifeste.

Puis il indiqua le bout de la plage.

— Il y a un chemin là-bas. Si nous allions voir où il mène ? Histoire de s'ouvrir l'appétit avant le déjeuner ?

Le chemin était assez large pour qu'ils n'aient pas de mal à le suivre en baskets. Mais pour grimper un Munro, ils allaient vraiment avoir besoin de vraies chaussures de marche.

Ils les achetèrent le lendemain matin, après avoir parcouru en voiture la vingtaine de kilomètres qui séparaient leur château de la ville la plus proche. Damos insista pour prendre en plus un choix extravagant de vêtements de montagne et d'accessoires d'escalade. Il était si enthousiaste qu'elle n'eut pas le cœur de lui dire qu'ils n'auraient sûrement pas besoin d'un équipement aussi complet. Quand ils finirent par quitter la boutique – et son gérant ravi – et qu'ils remplirent le coffre du 4×4 qu'il avait loué à l'aéroport à leur arrivée, elle eut un sourire attendri.

— Tu as fait un homme heureux, Damos ! Très heureux ! Mais tu n'aurais pas dû acheter autant de choses pour moi.

Il referma le hayon d'un geste énergique.

— Comment pourrais-je escalader un *munro* sans toi ? Je ne saurais même pas en reconnaître un ! Bon, tous ces achats m'ont donné faim. Où allons-nous déjeuner ? Par ici ?

Il indiqua un pub de l'autre côté d'une place pavée entourée de bâtiments en granit. Elle glissa la main dans la sienne et le suivit, le cœur gonflé de joie. Elle s'était peut-être lancée précipitamment dans cette histoire avec Damos, mais elle y croyait.

Je sais que je peux lui faire confiance.

Damos plissa le front. Duncan MacFadyen, l'homme qui s'occupait du château avec sa femme, lui montrait comment lancer sa ligne pour la pêche à la mouche. Ça demandait de la concentration et suffisamment de souplesse dans le poignet. De la concentration, il n'en manquait pas. Quand il se fixait un objectif, il mettait tout en œuvre pour l'atteindre. Que ce soit la maîtrise de la pêche à la mouche, ou bien…

Il fut distrait un instant. Derrière lui, pelotonnée sur un tartan doublé d'un tapis de sol posé sur la rive, Kassia lisait tout en l'observant. Il le savait. Kassia… Même son prénom le charmait. Tout le charmait chez elle. Tout l'envoûtait. Ce coin isolé des Highlands était l'endroit idéal pour cette escapade. Ils étaient seuls, en tête à tête, loin de tout le reste, loin de tout le monde. Loin de la Grèce, où la nouvelle de leur aventure pourrait se répandre. Damos crispa la mâchoire tandis que l'image de Yorgos Andrakis et de Cosmo Palandrou s'imposait à lui. Il la chassa aussitôt de son esprit. Cette affaire se réglerait plus tard. Pas maintenant.

Pour l'instant ils n'avaient rien d'autre à faire que de savourer pleinement ces moments passés ensemble. Et quels moments ! Assailli par des images très précises, Damos inspira profondément. Chaque nuit était aussi torride que la première. L'ardeur de Kassia le transportait. Elle s'abandonnait sans réserve à la passion qui les dévorait et il le lui rendait bien. Jamais il n'avait rien vécu de tel…

Et le jour ? Le jour, les bons moments se succédaient sans fin, plus agréables les uns que les autres. Ils avaient escaladé leur munro, munis de tout l'équipement nécessaire et bien plus encore. N'ayant l'habitude de la randonnée ni l'un ni l'autre, ils en avaient choisi un facile. Ils avaient passé la journée à marcher d'un bon pas à travers les forêts de mélèzes ou la lande, montant, descendant, fascinés par la richesse de la flore. Ils avaient fait une halte au sommet pour manger leurs sandwichs et l'incontournable Kendal

Mint Cake en admirant le paysage grandiose qui s'étendait à perte de vue.

Le lendemain, ayant besoin d'un peu de repos, ils avaient pris le 4×4 pour explorer les alentours du château, longeant des *lochs* et des forêts, contournant des monts couverts de bruyère. Ils s'étaient arrêtés pour déjeuner dans un *lodge*, où ils avaient mangé du *haggis* et des rutabagas. Puis ils avaient repris la route jusqu'à une grande cascade. Le jour suivant, Duncan les avait emmenés faire un tour sur le *loch* en canot à moteur. Et aujourd'hui il l'initiait à la pêche à la mouche. Un moment plus tard, l'initiation au lancer ayant été concluante, Duncan déclara qu'ils tenteraient peut-être de pêcher un poisson dans l'après-midi.

Ils déjeunèrent assis sur des chaises pliantes autour d'une table escamotable fixée à la portière arrière du 4×4, qui pour l'occasion fut installé à proximité de la rive. Comme d'habitude, Mrs MacFadyen leur avait préparé un véritable festin, qui commença par une tourte au chevreuil, suivie d'escalopes de saumon pochées et d'une salade de légumes racines. Du pain croustillant sortant du four, du beurre salé et du fromage écossais complétaient le repas, arrosé de bière locale pour Damos et Duncan, et de cidre pour Kassia. Pour la touche finale, Duncan sortit la flasque de whisky qu'il portait sur lui et il servit un « *wee dram* » à tout le monde. Damos vida son petit verre d'un trait. Kassia s'étrangla avec le sien.

— Oh ! mon Dieu ! s'exclama-t-elle en regardant les deux hommes d'un air effaré. Comment pouvez-vous boire ça ?

Duncan pouffa.

— Question d'entraînement, jeune fille. C'est juste une question d'entraînement.

Il se tourna vers Damos.

— Vous devriez visiter notre distillerie locale. Ils font un single malt pas mauvais. Pas mauvais du tout, même. Emportez une bouteille ou deux en Grèce. Et si ça vous dit, vous pouvez acheter un fût et le laisser vieillir ici. Beaucoup d'hommes riches font ça.

Damos arqua les sourcils. Ça pourrait être une bonne idée… Les deux hommes se lancèrent dans une grande discussion sur l'excellence des whiskys de la région, puis après avoir prélevé un deuxième échantillon dans la flasque de Duncan, ils se levèrent pour tenter leur chance à la pêche.

En pénétrant dans l'eau après avoir remis ses cuissardes, Damos regarda autour de lui et poussa un petit soupir d'aise. Belle journée. Très belle journée. Le soleil, le paysage, la pêche. Et Kassia. Que demander de plus ?

La Grèce, Athènes, déjouer les plans de Yorgos Andrakis pour rafler sous son nez la société de Cosmo Palandrou… Tout cela paraissait très loin. Et sans aucune importance.

La main de Kassia hésitait au-dessus de l'échiquier. Le temps avait tourné et la pluie cinglait les vitres des fenêtres du salon. D'après les MacFadyen ce n'était qu'une bourrasque de pluie estivale qui se calmerait d'ici demain. En attendant, le salon était un refuge douillet avec le feu qui brûlait dans la cheminée. Ils étaient restés toute la journée à l'intérieur, à part une brève promenade vivifiante en bottes en caoutchouc et imperméables jusqu'à l'extrémité du lac. Damos, moins habitué qu'elle au temps de Grande Bretagne avait enduré la pluie et le vent pendant cinq minutes avant de prendre le chemin du retour. Contrairement à lui elle prenait un grand plaisir à laisser la pluie et le vent lui fouetter le visage, mais elle l'avait suivi volontiers, bien sûr.

Elle lui jeta un coup d'œil, toujours indécise sur le coup à jouer. Les échecs n'étaient pas son fort. Elle n'était pas douée pour anticiper. Damos, qui d'après ce qu'il lui avait dit avait appris à jouer pendant les longues traversées quand il était matelot, était beaucoup plus fort qu'elle. Il la regardait avec un sourire énigmatique, alors qu'elle avait toujours les doigts qui hésitaient entre son fou et son cavalier.

— Attention, dit-il. Si tu déplaces ton fou tu perdras ta tour, et si tu déplaces ton cavalier tu exposeras ta reine.

Il joua à sa place.

— Ton autre fou peut menacer mon autre tour. Mais...

Il joua pour lui, et avant qu'elle ait le temps de deviner son intention, il avait déplacé son cavalier pour protéger sa tour, ce qui laissa le champ libre à son fou contre son roi à elle.

— Échec au roi.

— Oh... Que puis-je faire maintenant ? s'exclama-t-elle, consternée.

— Tu déplaces ton fou pour intercepter le mien et protéger ton roi, ce qui en principe devrait te faire perdre ton fou, mais permet à ton cavalier de menacer ma reine.

Elle soupira.

— Je crois que je n'ai pas la forme d'esprit nécessaire pour jouer à ça. Je suis incapable d'anticiper plus d'un coup à l'avance... et encore.

Damos eut un sourire compatissant.

— L'anticipation est essentielle... comme la planification. Et pas seulement aux échecs, bien sûr. Dans la vie également. Il s'agit de repérer les possibilités inattendues quand elles se présentent. Et d'agir pour les exploiter.

Elle fronça le nez.

— « Exploiter » n'est pas un mot plaisant.

Il haussa les épaules.

— Ça veut juste dire utiliser.

— Précisément.

— Il y a une différence entre utiliser une possibilité et utiliser quelqu'un.

— Je suppose.

Elle se remémora l'échange qu'ils avaient eu à Blenheim à propos de l'ambition. Un autre mot qui lui inspirait de la méfiance parce que comme « exploiter » et « utiliser » elle l'associait à son père.

Mais Damos n'a rien à voir avec mon père !

Il n'utiliserait jamais quelqu'un dans son propre intérêt. Ne lui avait-il pas dit, ce même jour à Blenheim, qu'il avait gagné son argent honnêtement ? Il était incapable de duplicité, incapable d'exploiter les autres, de les utiliser pour son propre profit. Contrairement à son père...

On frappa à la porte et Mrs MacFadyen entra dans le salon en poussant un chariot de service ancien en bois. Elle leur avait une fois de plus préparé un festin avec des *bannocks* frais, des *scones* aux pommes de terre, des *teacakes*, un assortiment de confitures et du beurre. Au cas où ce ne serait pas suffisant, il y avait également une assiette de *shortbreads* et un cake aux cerises et aux amandes qui sortait du four.

Damos se frotta les mains et remercia chaleureusement Mrs MacFadyen en la complimentant avec enthousiasme sur sa cuisine. L'Écossaise d'un certain âge étant aussi sensible que n'importe quelle femme à son charme, elle se rengorgea tout en protestant pour la forme.

— Oh ! vous exagérez ! s'exclama-t-elle avant de quitter la pièce.

Kassia sourit affectueusement à Damos. Son père ne prendrait jamais la peine de remercier Mrs MacFadyen, et encore moins de lui faire des compliments ! Damos et lui avaient des caractères opposés.

Elle prit la théière en argent et remplit les tasses en porcelaine. La location de ce château devait coûter une fortune. En plus du lieu lui-même, qui offrait à la fois le charme de l'ancien et tout le confort moderne, il y avait la cuisine exceptionnelle de Mrs MacFadyen et les multiples activités proposées par son mari. Après la pêche à la mouche et la promenade en bateau sur le *loch*, Duncan les avait emmenés observer les oiseaux et même pister le chevreuil. Ils lui avaient toutefois bien précisé avant qu'il était hors de question pour eux de chasser. Ce qui était un peu hypocrite, vu les civets, ragoûts, tourtes ou mijotés de chevreuil qu'ils dégustaient régulièrement au dîner…

Le dîner était d'ailleurs pour eux une occasion de s'habiller après avoir passé la journée en tenue de sport. Damos se mettait souvent en smoking, tandis qu'elle affectionnait tout particulièrement la robe de soirée en mousseline de soie bleu pâle qu'il avait tenu à lui offrir à Londres, en même temps que diverses tenues qui flattaient sa silhouette au lieu de la cacher. Et chaque soir elle prenait un grand plaisir à se maquiller et se coiffer avec soin.

Une fois prêts, ils descendaient au salon pour prendre un verre, puis le dîner était annoncé par le neveu de Duncan, qui pénétrait dans la salle à manger en jouant de la cornemuse. Ils dégustaient ensuite le repas exquis confectionné par Mrs MacFadyen et arrosé de vin millésimé, qui se concluait souvent par un *cranachan*, dessert traditionnel écossais dont elle ne se lassait pas, préparé avec de la crème fouettée au whisky, du miel de bruyère, des flocons d'avoine et des framboises.

Ils remontaient ensuite dans leur chambre, où la passion les attendait, un peu plus brûlante chaque nuit. Et juste avant qu'ils s'endorment étroitement enlacés, cœur battant contre cœur battant, une pensée s'imposait à elle. *Je suis en train de tomber amoureuse de lui*. Était-il raisonnable d'accepter sans résistance ce sentiment qui s'épanouissait en elle ? De se laisser aller à espérer que Damos était lui aussi en train de tomber amoureux ? Pouvait-elle vraiment nourrir cet espoir ?

9

Damos plissa le front. Kassia prenait sa douche, et il en profitait pour consulter sa messagerie professionnelle. Il était deux heures de plus à Athènes et là-bas la matinée était déjà bien avancée. D'après ses sources, les négociations progressaient entre Cosmo Palandrou et Yorgos Andrakis. Le directeur d'un célèbre cabinet comptable spécialisé dans les fusions acquisitions, déjà engagé par Andrakis pour ce genre d'affaire, avait été vu arrivant avec son équipe au siège de la société de Cosmo.

Par ailleurs, Andrakis avait déjeuné avec l'associé principal d'un cabinet juridique spécialisé en droit matrimonial et succession. Ce qui semblait confirmer ses intentions concernant Cosmo et sa fille.

Damos referma son ordinateur portable et se leva. Il se dirigea vers la fenêtre de la chambre, qui offrait une vue à couper le souffle sur le *loch*, la forêt et la montagne en arrière-plan. Les deux semaines de leur séjour passaient à une vitesse vertigineuse.

Je n'ai pas envie qu'il se termine.

Il continua de contempler le paysage tout en réfléchissant. Cet intermède dans les Highlands devait s'arrêter.

Mais pas ma relation avec Kassia. Il n'y a aucune raison qu'elle finisse.

Pourquoi ne continueraient-ils pas à se voir une fois de retour en Grèce ? Oh ! bien sûr au départ il avait prévu que son aventure avec elle s'achève dès qu'il aurait atteint son objectif. Mais à présent... À présent ce serait absurde de penser ça.

Sa mâchoire se crispa. Si seulement il pouvait envoyer au diable Andrakis, Cosmo et ce qu'ils étaient en train de tramer. Et aussi son propre plan par la même occasion. Il se moquait de racheter la société de Cosmo. Il ne voulait plus entendre parler de tout ça. Il prit une profonde inspiration. Du calme. Acquérir la société de logistique et transport de Cosmo présentait un intérêt stratégique pour ses propres activités. Ce point n'avait pas changé.

Ni le fait qu'Andrakis voulait se servir de sa propre fille pour s'emparer le premier de la société de Cosmo.

À moins que...

À moins que je lui mette des bâtons dans les roues.

En ayant recours à la méthode prévue au départ. C'était aussi simple que ça.

Est-ce vraiment aussi simple ?

Il regardait toujours le paysage mais il ne le voyait plus, perdu dans ses pensées. Oui. C'était vraiment aussi simple que ça. Il suffisait de montrer à Cosmo que la fille d'Andrakis n'était pas disponible. Comme prévu depuis le départ.

Oui, c'est vraiment aussi simple.

Puisque c'était aussi simple il n'y avait aucune raison de ne pas poursuivre son plan initial. Il se détourna brusquement de la fenêtre. Assez pensé à tout ça. Pour l'instant il avait mieux à faire. La journée était ensoleillée, et ils avaient prévu d'aller faire un tour sur la côte et d'aller voir le château de Dunrobin.

Kassia sortit de la salle de bains, enveloppée dans une serviette, les cheveux relevés approximativement. Des mèches humides tombaient autour de son visage. Elle était belle... Il se dirigea vers elle, en proie à un désir plus que familier.

— Ce que tu fais là est très dangereux Kassia, si tu veux que nous nous mettions en route pas trop tard.

Il défit le nœud qui retenait le drap de bain sur sa poitrine. Elle retint ce dernier et écarta sa main en riant.

— Damos, non !

— Non ?

— Oui ! C'est non, dit-elle en s'éloignant de lui. Le petit déjeuner nous attend !

— Cruel dilemme... Petit déjeuner gargantuesque de Mrs MacFadyen ou moment de folle passion avec toi.

Elle rit de nouveau et il savoura ce son qu'il aimait tant.

— D'accord, petit déjeuner gagnant, continua-t-il en riant à son tour. Mais... je ne renonce pas au moment de folle passion. Tu y auras droit à notre retour cet après-midi !

Elle lui envoya un baiser mais elle resta à une distance prudente. Il réprima un sourire satisfait. S'il la touchait elle ne résisterait pas deux secondes à la tentation...

— D'accord, promit-elle.

— C'est vraiment un endroit magnifique, commenta Kassia alors qu'ils roulaient sur le chemin du retour après avoir visité le majestueux château de Dunrobin, résidence des ducs et des comtes de Sutherland au fil des siècles. Mais les évacuations forcées des Highlands, quelle cruauté...

— L'élevage des moutons était plus rentable que les petites exploitations agricoles.

— Et alors, ça justifie d'expulser les paysans ? Et de réprimer sans pitié ceux qui résistent ?

Damos secoua la tête.

— La recherche du profit est une motivation profonde, Kassia. Elle pousse les gens à commettre des actes qu'ils réprouveraient dans d'autres circonstances.

Elle éprouva un sentiment de malaise. Certains actes ne devraient être commis en aucune circonstance. Quel que soit le profit à en tirer ! Malheureusement il y avait des gens comme son père qui ne s'embarrassaient pas de scrupules. Il n'était pas le seul à être prêt à tout pour gagner de l'argent… Mais Damos n'était pas comme lui, se rappela-t-elle. Il faisait juste un constat. Il ne défendait pas ce genre de méthodes. Et il les utilisait encore moins.

— Et n'oublie pas, comme nous l'avons appris aujourd'hui, que les conditions de vie des paysans étaient très dures, reprit-il. Le but c'était qu'ils s'installent en ville ou sur la côte pour gagner leur vie autrement qu'en travaillant la terre. Ou qu'ils émigrent et qu'ils tentent leur chance dans les colonies. Ce n'était pas tout noir ou tout blanc.

Sa voix changea.

— Rien n'est jamais tout noir ou tout blanc, d'ailleurs. En tout cas, c'est très rare.

Elle le considéra avec perplexité. Quelle était cette crispation étrange dans sa voix ? Et il y avait quand même des cas où on pouvait distinguer nettement le noir du blanc, non ?

Comme s'il était conscient de ses doutes, il lui sourit.

— Ne parlons pas d'événements aussi tristes, Kassia. Ils

sont terminés depuis longtemps, heureusement. Parlons plutôt de nous.

Il lui sourit de nouveau, mais il dut reporter aussitôt son attention sur la route. Malgré la chaleur de son sourire, elle fut parcourue par un frisson désagréable. Leur séjour était presque terminé. Et ensuite ?

Allons-nous en rester là ?

C'était la question qu'elle ne voulait pas poser… mais qui devenait de plus en plus présente dans son esprit. Bien sûr, elle espérait que la réponse était non. Mais l'espoir était parfois cruellement déçu.

— Je sais que je vis à Athènes et pas toi, reprit-il. Mais il me semble que nous pourrions nous débrouiller pour nous voir, non ? Au moins le week-end ? Et passer le plus de temps possible ensemble pendant les vacances ?

L'angoisse qui commençait à nouer l'estomac de Kassia se dissipa instantanément.

— Oh ! je suis sûre que nous y arriverons !

Il lui pressa brièvement la main.

— Parfait. Maintenant réfléchissons à la meilleure façon de passer notre dernier jour ici, demain ? Si nous allions visiter la distillerie que Duncan a recommandée ?

— Bonne idée.

Elle vibrait d'une joie intense. *Il ne veut pas que tout s'arrête à notre retour en Grèce. Il veut qu'on continue à se voir. N'est-ce pas fantastique* ?

— Nous prendrons quelques bouteilles pour les MacFadyen, dit-il. Pour les remercier.

— Et j'achèterai peut-être un foulard ou une broche pour Mrs MacFadyen.

Tandis qu'ils descendaient vers la vallée où était niché leur château, Kassia savoura son bonheur. Leur aventure n'était pas terminée puisque Damos voulait qu'elle se poursuive en Grèce ! Quelle nouvelle merveilleuse !

Au moment où il s'engageait dans l'allée de leur château, elle entendit son téléphone émettre un signal. Elle le sortit de son sac pour consulter le message. Sa joie s'évanouit et son cœur sembla se dégonfler comme un ballon percé.

Son père la convoquait à Athènes.

Damos se tenait au bord de la rive, les pieds tout proches de l'eau. Près de lui Kassia était immobile, les mains enfoncées dans les poches, le visage grave. Il se pencha pour ramasser un galet plat et fit un ricochet. Le soleil, encore haut dans le ciel à cette époque de l'année, avait disparu derrière un nuage.

— Tu n'es pas obligée d'y aller.

— Je pense que si. Il ne demande pas grand-chose. Juste que j'assiste à un dîner. Tu sais que ça lui arrive de temps en temps. J'y vais, je joue la fille docile, et il continue à parrainer le musée. C'est... Jusque-là ça a fonctionné. Et je suppose que je n'ai pas réellement envie de rompre complètement avec lui. J'aimerais juste que...

Elle s'interrompit avant de reprendre.

— Qu'il ne soit pas aussi dédaigneux avec moi. Je désapprouve sa conduite... ses méthodes... mais bon...

Elle déglutit péniblement.

— C'est quand même mon père, et ce serait bien si de temps en temps... juste de temps en temps... il pouvait avoir une bonne opinion de moi.

Damos réfléchissait. Contrairement à elle, il connaissait

la raison de la convocation d'Andrakis. Il allait présenter sa fille à Cosmo en vue d'un futur mariage. Sauf que ce mariage n'aurait jamais lieu. Parce que Cosmo lui-même allait le rejeter. *Dès qu'il saura ce qu'il y a entre Kassia et moi.*

Andrakis étant sur le point de dévoiler son jeu, le moment était venu de réagir comme prévu au départ.

Mais suis-je obligé de suivre exactement mon plan ?

Cette question le poursuivait. Et si Kassia et lui sortaient tout simplement ensemble sans se cacher une fois de retour en Grèce ? Leur liaison ne tarderait pas à être connue. Sauf que ça prendrait quand même quelques jours et que le temps était compté. Kassia lui avait expliqué que son père l'avait convoquée pour la soirée du surlendemain. Le jour où ils quittaient les Highlands. Et, quelle ironie, elle devait se présenter au Viscari Athena. L'hôtel venait d'être inauguré en fanfare et les tables sur le toit étaient une denrée rare difficile à obtenir. De toute évidence, Andrakis était déterminé à impressionner Cosmo. À moins que Kassia refuse d'obtempérer – ce à quoi elle n'était visiblement pas prête – il était impossible que leur liaison soit de notoriété publique avant le dîner avec Cosmo. Il ne restait donc qu'une seule solution. Celle qu'il avait prévue au départ.

Par ailleurs… Une évidence s'imposa soudain à Damos. Le père de Kassia avait toujours critiqué sa fille avec cruauté sur son apparence, la condamnant à se déprécier elle-même. Mais aujourd'hui tout avait changé ! Personne, pas même son impitoyable père, ne pouvait plus éprouver le moindre dédain pour Kassia !

— Mais je sais que ça n'arrivera jamais, reprit-elle d'une voix morne. Il n'aura jamais une bonne opinion de moi.

Soudain déterminé, Damos plongea son regard dans le sien.

— Oh si, tu vas voir.

Il ramassa un autre galet et fit un autre ricochet. Puis il prit Kassia par la main.

— Tu vas voir.

10

Kassia était tendue à l'extrême. Allait-elle s'en sortir ? Elle ne s'était jamais rendue avec plaisir aux rendez-vous imposés par son père, mais elle avait appris à endurer ces soirées avec un minimum de stress. En restant docile et discrète, comme elle l'avait confié à Damos.

Mais ce soir...

Ce soir ça allait être très différent.

Elle inspira profondément, tandis qu'ils pénétraient dans le hall somptueux du Viscari Athena. Ils étaient arrivés du Royaume-Uni en début de soirée, si bien que Damos avait réservé une chambre dans un hôtel proche de l'aéroport, afin qu'elle soit le moins bousculée possible. Malgré tout, elle avait eu tout juste le temps de prendre une douche et de se laver les cheveux avant l'arrivée de la coiffeuse et de l'esthéticienne à qui il avait fait appel. Après la séance brushing, manucure et maquillage, les deux jeunes femmes l'avaient aidée à enfiler la robe moulante et chatoyante à fines bretelles qu'elle portait au Viscari St James.

Quand elle avait été enfin prête, Damos l'avait enveloppée d'un regard ébloui.

— Superbe... Tu es absolument superbe.

Il lui avait pressé les mains.

— Ton père ne pourra plus jamais émettre le moindre sarcasme concernant ta tenue. Plus jamais ! Ce soir tu vas attirer tous les regards.

Il avait raison, constata-t-elle en déglutissant péniblement, alors qu'ils traversaient le hall du Viscari en direction des ascenseurs. Si Damos n'avait pas été là, si elle n'avait pas pu s'accrocher à la manche de son smoking, elle aurait pris ses jambes à son cou. Enfin c'était une image, parce que avec ces talons aiguilles...

De toute façon je ne prendrai pas la fuite. Pas question !

Elle releva le menton. Toute sa vie son père l'avait rabaissée à cause de son physique. Ce soir, il allait voir ! L'idée était venue de Damos, au bord du *loch*. « C'est l'occasion ou jamais de lui montrer que tu es splendide ! »

Oui, ce soir elle était splendide. Elle le savait. Et son père serait bien obligé de l'admettre. Cependant, même si elle avait pris de l'assurance ces dernières semaines, elle n'aurait jamais eu le courage de se présenter devant lui dans cette tenue sans Damos à son côté. En entrant dans la cabine elle lui jeta un coup d'œil. Mais contrairement à ce qu'elle attendait, il ne lui adressa pas un sourire rassurant. En fait, il ne la regardait même pas. Il regardait devant lui et il semblait tendu. Pour quelle raison ?

Il ne pouvait tout de même pas être embarrassé d'arriver avec elle ? Quelle que soit la raison pour laquelle son père l'avait convoquée à ce dîner, quelle importance qu'elle soit accompagnée ? Ils formaient un couple à présent. C'était une réalité que son père allait être obligé d'accepter. Damos l'avait dit lui-même. « Si ton père ne voit pas d'inconvénient à ma présence, parfait. Sinon... sinon, rien ne nous oblige à rester. Nous dînerons en tête à tête et ensuite nous pourrions aller danser ? J'ai hâte de te faire admirer. Je veux que tout Athènes te voie avec moi ! »

L'ascenseur s'arrêta. Les portes s'ouvrirent. Et Damos la regarda. Mais… était-ce un effet de son imagination ou bien n'avait-il pas tout à fait son regard habituel ? Comme s'il était préoccupé ? Elle se tendit et ses doigts se crispèrent sur sa manche. Il lui tapota la main.

— Tu vas t'en sortir.

Elle prit une profonde inspiration et hocha machinalement la tête. Avait-il vraiment ajouté tout bas « Et moi aussi » ou bien avait-elle une imagination débordante ce soir ?

Damos avança dans le hall du restaurant, le dos raide. Le doute le rongeait mais il s'efforça de l'ignorer. Ce n'était plus le moment de se poser des questions. C'étaient les propos de Kassia au bord du lac qui lui avaient donné cette idée. Elle avait envie que son père cesse de critiquer son apparence ? Eh bien, ce dîner était l'occasion rêvée. Elle était aussi superbe ce soir au Viscari Athena qu'elle l'était l'autre soir au Viscari St James. Il l'avait voulu pour elle. Et en prime il se trouvait que ça servait ses propres intérêts.

Il sentit les doigts de Kassia se crisper de nouveau sur son bras. Eh bien, elle pourrait bientôt se détendre. Ils n'allaient pas rester longtemps. Parce qu'il ne risquait pas d'être accueilli à bras ouverts. Il n'y avait aucune chance que sa présence soit appréciée. Non, il repartirait avec elle dès que Cosmo et Yorgos auraient reçu le message. Il avait fait une réservation pour Kassia et lui, en réclamant une table aussi éloignée que possible de celle de Yorgos Andrakis. Aux yeux des autres clients, ils salueraient simplement son père et son invité avant de dîner en tête à tête. Et personne ne pourrait douter qu'ils formaient un couple.

Il fit une pause à la réception pour donner son nom et prévenir qu'ils allaient d'abord saluer *kyrios* Andrakis. Puis, Kassia à son bras, il entra dans la salle et la parcourut du regard. Il repéra tout de suite le père de sa compagne. Sa mâchoire se crispa. Yorgos n'avait qu'un seul invité. Cosmo Palandrou. Alors qu'ils se dirigeaient vers la table, plusieurs têtes se tournèrent sur leur passage. Bien sûr. Comme prévu, Kassia attirait tous les regards. Mais c'était un regard bien précis qu'il voulait voir se poser sur elle… Et il le vit.

Son père, en grande conversation avec son unique invité, leva les yeux. Il regarda qui venait d'entrer. Sans paraître reconnaître la femme qui se dirigeait vers sa table. Puis, alors qu'ils approchaient, ses yeux s'écarquillèrent et l'incrédulité se peignit sur son visage. Son regard se posa ensuite sur l'homme qui accompagnait sa fille. Et ce fut une expression très différente qui crispa ses traits.

Ils arrivèrent devant la table, et Damos sentit les doigts de Kassia se crisper encore sur son bras. Mais il était lui-même très tendu. L'enjeu était si important… Et pourtant il n'avait qu'une hâte. Se retrouver en tête à tête avec Kassia. Vivement qu'Andrakis et Cosmo comprennent le message. Vivement que le premier prenne conscience que son plan était à l'eau et que son invité allait commencer à chercher ailleurs une autre femme à épouser. Et un autre acheteur…

Le message était en train de passer. Cosmo Palandrou avait levé les yeux à son tour… Damos le regarda pendant quelques secondes. Puis il reporta son attention sur Yorgos. Et il eut un sourire triomphant.

Échec et mat.

Kassia s'agrippait au bras de Damos. Son père la regardait d'un air incrédule. Pas étonnant... Elle regarda l'homme attablé en sa compagnie. Elle l'avait déjà vu... Oui, Cosmo Palandrou. Elle l'avait rencontré à un grand dîner auquel son père l'avait convoquée, environ un an plus tôt. Ce soir la table était dressée seulement pour trois. Bizarre... Qu'avait de si spécial Cosmo Palandrou pour que son père n'invite que lui ? Et pour quelle raison avait-il souhaité qu'elle dîne avec eux ? La dernière fois elle avait trouvé Cosmo Palandrou très antipathique. Il s'était montré aussi dédaigneux que son père avec elle et il avait des manières brusques. Par ailleurs, sa société apparaissait souvent dans les médias en raison de conflits sociaux récurrents et de non-respect des normes environnementales.

Mais pour l'instant c'était avant tout son père qui retenait son attention. Elle ne se faisait pas beaucoup d'illusions sur ses chances de gagner un jour son approbation, mais tout de même, ce soir il allait bien avoir au moins une réaction positive devant son changement de look, non ? Pour l'instant il se contentait de la regarder sans rien dire et son visage n'exprimait rien. Peut-être que si elle commençait par le saluer... ?

Elle n'en eut pas le temps. Brusquement il abattit ses énormes poings sur la table et se hissa sur ses pieds. Les joues rouges et les traits crispés, il éructa des injures qui la firent pâlir. Mais elles ne lui étaient pas destinées. Il s'adressait à Damos. Atterrée, elle tourna la tête vers ce dernier. Son cœur se serra. Le visage dur, le regard encore plus dur, Damos était comme un étranger.

Soudain Cosmo Palandrou, aussi corpulent que son père,

se leva à son tour. Chancelant, les traits crispés par la fureur, il darda sur son père un regard haineux.

— À quoi vous jouez, Andrakis ?

— Du calme, Andrakis ne joue à rien, intervint Damos d'un ton méprisant.

Cosmo tourna la tête vers lui et ouvrit la bouche, mais Damos le devança. Son visage était toujours aussi dur et son ton devint sarcastique.

— Détendez-vous. Le marché d'Andrakis tient toujours, Cosmo. Si vous êtes toujours prêt à l'accepter, bien sûr.

Le visage déformé par la rage, Cosmo Palandrou se mit à hurler des injures à son tour.

Kassia poussa un cri horrifié. Que se passait-il ? Mais que se passait-il donc ? Elle ne comprenait rien du tout ! Son père reprit la parole. Ou plutôt il se remit à crier. Des injures qui n'étaient plus adressées à Damos mais à elle.

— Espèce de traînée !

Suffoquée, elle resta sans voix. Son père frappa des deux poings sur la table.

— *Thee mou ! Cristos !* Comment peux-tu être aussi stupide ? Comment peux-tu te laisser manipuler par ce... ce... Il t'a utilisée ! Et tu es trop crétine pour t'en apercevoir !

— Ça suffit !

Le ton de Damos était cinglant.

— Vous n'avez pas le droit de lui parler comme ça !

— Je parlerai à ma traînée de fille comme j'en ai envie ! La traînée que vous avez faite d'elle !

Andrakis se tourna de nouveau vers Kassia.

— Pauvre petite idiote décérébrée ! Tu crois vraiment que Damos Kallinikos t'aurait regardée si tu n'avais pas été ma fille ? Il ne t'aurait même pas adressé la parole ! Il t'a utilisée ! Il t'a mise dans son lit pour me nuire ! Juste pour me nuire ! Tu comprends ça ? Espèce de...

Elle pivota sur elle-même et prit la fuite d'une démarche chancelante. C'était un cauchemar ! Il fallait qu'elle sorte ! Elle vit des portes vitrées, avança dans leur direction, poursuivie par des voix criardes et rageuses. La voix de son père, de Cosmo... et de Damos. Il fallait les réduire au silence. Vite ! Elle atteignit les portes vitrées, les poussa et les franchit précipitamment. Elle était sur une terrasse dallée où seules quelques tables étaient occupées en raison de la fraîcheur de l'air. La terrasse était prolongée par un jardin arboré, depuis lequel on apercevait au loin le Parthénon illuminé. Sur sa droite un espace entre deux rangées de buissons formait un chemin. Elle le prit en vacillant sur ses talons aiguilles. Une voix pressante criait son nom derrière elle. Le chemin débouchait sur un espace éclairé par des lanternes et occupé par des bancs. D'autres chemins en partaient.

Elle s'arrêta pour reprendre son souffle. Il fallait qu'elle parvienne à s'échapper...

— Kassia !

Damos avançait vers elle. Son visage sombre était celui d'un étranger. Parce que c'était un étranger. Quelqu'un qu'elle ne connaissait pas, qu'elle n'avait jamais vraiment connu... Jusqu'à ce soir. Jusqu'à ce cauchemar. Il voulut lui prendre le bras mais elle s'écarta d'un bond.

— Va-t'en !

— Kassia, il faut que je te parle.

— Va-t'en !

Elle voulut prendre un chemin, n'importe lequel, qui

l'emmène loin de ce cauchemar. Mais elle sentit une main se refermer sur son bras et elle ne parvint pas à se dégager.

— Kassia, écoute. Écoute !

— Quoi donc ? Qu'y a-t-il que je n'aie pas encore entendu ? Mon père a tout dit !

Damos jura.

— Ton père est une brute ! Ne fais pas attention à ce qu'il dit. Il n'en vaut pas la peine !

— Et toi ? Tu vaux quoi ? Dis-moi, tu vaux quelque chose, toi ? Qu'est-ce qui se passe ici ? Pourquoi Cosmo Palandrou est-il ici ? Pourquoi as-tu dit que le marché de mon père tenait toujours ? Quel marché ? Et pourquoi... Pourquoi mon père m'a-t-il dit toutes ces horreurs ?

Ce cauchemar ne voulait pas la lâcher. Elle avait été projetée dedans et elle ne parvenait pas à en sortir. Son cœur battait à cent à l'heure et elle avait la nausée. Elle allait vomir...

— Damos, pourquoi ?

Elle plongea son regard dans le sien mais elle ne le reconnut pas. Son visage non plus, elle ne le reconnaissait pas. Il y avait quelque chose qui clochait... Un grand froid l'envahit.

— Il n'y a pas une bonne manière de te dire ça, Kassia.

La voix de Damos était aussi tendue que son visage.

— J'aurais tellement aimé que tu ne le saches jamais ! Cosmo Palandrou est ici ce soir parce que ton père veut que tu l'épouses.

Il laissa échapper un rire amer.

— Ou plutôt il voulait que tu l'épouses.

— Que j'épouse Cosmo ? répéta-t-elle avec incrédulité.

— Oui. Écoute... il faut que je t'explique...

Il prit une profonde inspiration.

— Ton père veut la société de Cosmo. Mais Cosmo est exigeant et fait traîner les négociations.

Damos s'interrompit et prit une nouvelle inspiration, comme s'il devait faire des efforts pour parler.

— Ton père était prêt à t'offrir en contrepartie… À proposer à Cosmo le rôle de gendre.

Il fit une nouvelle pause.

— Kassia, je suis désolé. Je suis vraiment navré qu'il t'ait dit ces horreurs ! Je n'ai jamais…

Elle leva une main tremblante pour le réduire au silence. Ce qu'il venait de lui dire au sujet de Cosmo Palandrou ne pouvait pas être vrai ! Son père ne pouvait pas vouloir qu'elle… ? Et pourtant…

Pour quelle autre raison Cosmo Palandrou aurait-il été invité à ce dîner ? Et pourquoi son père avait-il été aussi furieux de la voir en compagnie de Damos ? Pourquoi avait-il été aussi furieux contre Damos ?

— Il m'a injuriée parce que tu étais avec moi. Mais pourquoi ? Pourquoi a-t-il dit…

Elle réprima une nouvelle nausée.

— Que tu ne t'intéressais à moi que parce que j'étais sa fille ? Et pourquoi était-il aussi furieux contre toi ?

— Parce que… parce que ton père n'est pas le seul à vouloir acquérir la société de Cosmo Palandrou.

Kassia mit quelques secondes à comprendre.

— Toi, dit-elle d'une voix morne.

Il hocha la tête, les traits toujours tendus.

— Oui, j'ai l'intention d'acquérir la société de logistique et de transport de Cosmo. Et donc je ne veux pas qu'il la vende à ton…

— Tu savais que Cosmo Palandrou serait ici ce soir, n'est-ce pas ? coupa-t-elle de la même voix morne. Tu voulais venir avec moi pour qu'il nous voie ensemble, n'est-ce pas ? Pour que mon père nous voie ensemble... et qu'il sache...

— Oui. Kassia, tout ce que je voulais c'était que ton père et Cosmo sachent que nous étions ensemble. Pour qu'ils comprennent que le marché proposé par ton père n'était plus d'actualité. Nous serions repartis aussitôt. Je n'ai jamais imaginé que ton père réagirait comme ça ! Qu'il dirait ce genre de choses à sa propre fille !

Elle sentit son cœur se serrer douloureusement. Les blessures causées par les injures de son père n'étaient pas près de se refermer

— Mon père ne supporte pas qu'on s'oppose à lui, s'entendit-elle répliquer. Et il a un tempérament très coléreux.

Les mots de son père résonnaient encore et encore dans son esprit. Chacun d'eux était comme un coup de poignard qui lui crevait le cœur.

« Tu crois vraiment que Damos Kallinikos t'aurait regardée si tu n'avais pas été ma fille ? Il ne t'aurait même pas adressé la parole ! Il t'a utilisée ! »

Elle retira la main de Damos de son bras et recula d'un pas. L'air était irrespirable. Comme s'il s'agissait de l'atmosphère toxique d'une autre planète. La planète sur laquelle elle avait été catapultée. À des millions d'années-lumière de tout ce qui lui avait été familier jusque-là.

— Dis-moi quelque chose. Quand as-tu décidé que tu voulais acheter la société de Cosmo ? Et quand as-tu eu connaissance des charmants projets de mon père pour moi ?

Elle s'interrompit. Oui, décidément, l'air était irrespirable. Elle suffoquait... Malgré tout, elle se força à poursuivre. Il restait une dernière question. Elle donnerait tout pour ne pas avoir à la poser, mais elle devait le faire. Elle le devait.

— Était-ce avant ta visite sur le site des fouilles ?

Le visage fermé, il resta silencieux. Elle l'étudia un instant. Ce n'était pas l'homme avec qui elle venait de passer les trois semaines les plus merveilleuses de son existence. Trois semaines qui avaient transformé sa vie. Qui l'avait transformée, elle... En une pauvre petite idiote décérébrée. En traînée... Les paroles de son père continuaient de résonner sans pitié dans son esprit. Impossible de les étouffer. Dire qu'elle avait voulu lui montrer qu'elle n'était plus la fille quelconque qu'il lui avait toujours reproché d'être...

— Tu savais que Cosmo Palandrou ne voudrait pas m'épouser si j'avais déjà... couché avec toi.

— Oui.

Elle se détourna. Une main se referma sur son bras.

— Kassia... écoute... écoute-moi ! S'il te plaît ! Ce n'était pas... Ce n'est pas...

Elle dégagea son bras d'un mouvement vif et se précipita dans un des chemins en titubant.

Damos suivit Kassia des yeux. L'univers semblait avoir basculé dans une autre réalité. Une réalité qu'il ne reconnaissait pas, qu'il n'approuvait pas.

Il regagna le restaurant. Il eut vaguement conscience d'attirer les regards. Normal. La scène sordide à la table d'Andrakis n'était pas passée inaperçue. Cette table était désormais vide, et il vit le maître d'hôtel se précipiter vers lui d'un air anxieux.

— Annulez ma réservation, dit-il.

Puis il gagna la sortie et prit l'ascenseur. Il fallait qu'il retrouve Kassia. Qu'il lui parle, qu'il lui explique. Il crispa les poings. Bon sang ! Quel idiot ! Il aurait dû se douter qu'Andrakis exploserait. Que dans sa colère contre lui il s'en prendrait à sa fille. Il appuya sur le bouton du rez-de-chaussée. Il n'y avait pas une minute à perdre. Kassia était peut-être descendue par un ascenseur de service, mais il devrait pouvoir la retrouver au moment où elle sortirait du Viscari. S'il la manquait, il la retrouverait à leur hôtel. Mais de toute façon il fallait qu'il la retrouve. Il le fallait. Comment avait-il pu manquer à ce point de jugement ? Comment avait-il pu la mettre dans cette situation ?

Les portes de l'ascenseur s'ouvrirent et il sortit dans le hall. Il entendit un rugissement derrière lui et il se retourna. Andrakis fonçait vers lui, surgissant du bar à cocktails.

— Vous cherchez ma traînée de fille ? Elle ne vous touchera plus. Même si elle n'est plus bonne à autre chose qu'à être votre traînée !

Le poing de Damos réagit plus vite que son esprit. Il s'écrasa sur le visage de Yorgos Andrakis. Damos saisit ensuite ce dernier par les revers de sa veste et gronda d'un ton menaçant :

— Ne dites jamais ça de votre fille !

Puis il le lâcha, s'écarta légèrement, crispa le poing et plia le coude, prêt à le frapper de nouveau. À le pulvériser. À le réduire en bouillie. Il ne l'effleura même pas.

Kassia s'affaissa sur la banquette arrière du taxi qu'elle avait hélé en sortant par une porte de service de l'hôtel. D'une voix faible elle donna au chauffeur le nom de leur hôtel situé près de l'aéroport, puis elle ferma les yeux et réprima un sanglot. Elle ne devait pas s'effondrer. Pas maintenant. Une fois arrivée elle courut jusqu'à leur chambre, l'estomac noué. À son grand soulagement elle était vide. Elle se changea en toute hâte, prit son sac à main avec son passeport et ses cartes de crédit, et repartit aussitôt. Pourvu qu'elle ne croise pas Damos !

Elle gagna la sortie sans encombre et sauta dans la navette de l'aéroport. Quelques minutes plus tard elle était dans le hall des départs en train de scruter le panneau à la recherche d'un vol encore accessible. Peu importait la destination. L'essentiel était de fuir ce cauchemar. Mais quand elle finit par se laisser tomber dans son siège sur un vol pour Amsterdam, elle ne se faisait plus d'illusion. Le cauchemar, elle l'emportait avec elle…

Damos émergea du poste de police à l'aube dans son smoking tout froissé. Yorgos Andrakis et lui avaient été arrêtés après l'intervention de l'équipe de sécurité de l'hôtel, qui les avait séparés avant de les traîner jusqu'au trottoir et d'appeler la police. Ce qui était arrivé au père de Kassia, il l'ignorait et il s'en moquait. Pour sa part il avait été libéré avec un simple avertissement. La cause de son agression contre Andrakis avait été considérée avec une certaine bienveillance, d'où sa libération. Cependant, son téléphone lui avait été retiré pour la nuit et il venait seulement de le récupérer. Il héla un taxi et donna l'adresse de l'hôtel. Puis il commença à téléphoner fébrilement. Le tout en vain.

Elle avait bloqué son numéro et quitté l'hôtel. Aucune trace d'elle. Les jours suivants, il lui avait été impossible de la joindre à son travail, et le Dr Michaelis était resté très réservé quand il avait enfin réussi à lui parler directement. D'après lui, Kassia avait pris un congé à durée indéterminée. La gouvernante de sa mère avait été tout aussi laconique. Non, la fille de son employeuse n'était pas là. Elle ignorait où elle se trouvait et elle ne pouvait dire non plus précisément où se trouvait sa mère.

La frustration de Damos se mua en désespoir.

11

Kassia était allongée sur le pont supérieur du yacht, sous un taud. Des pensées plus toxiques les unes que les autres tournaient en boucle dans son esprit.

Je mérite ce que mon père m'a dit ! Oh oui, je le mérite !

Elle était une pauvre petite idiote décérébrée.

Comment ai-je pu m'imaginer que c'était à moi que s'intéressait Damos ?

Il n'avait eu qu'un seul objectif et ce n'était pas elle. Des larmes lui brûlèrent les paupières. Dire qu'elle avait cru que leur rencontre à Oxford était une simple coïncidence ! Quelle idiote ! Ça faisait partie de son plan. Un plan soigneusement élaboré depuis le début. Depuis sa visite sur le site des fouilles. Le dîner sur son yacht, la rencontre fortuite à l'Ashmolean, la visite du palais de Blenheim, le dîner à Oxford, la soirée Art déco, tout avait été prémédité. Tous ces moments qui lui avaient paru magiques n'étaient que des mensonges. Des simulacres. Y compris...

Une douleur aiguë transperça le cœur de Kassia.

Y compris les nuits qu'ils avaient partagées...

Tout ça pour une seule et unique raison. S'en prendre à son père. Déjouer ses plans. Cette idée était insupportable. C'était une souffrance atroce.

Mais je le mérite. Oh ! oui, je le mérite !

— Ma chérie ?

La voix de sa mère lui parvint depuis le pont principal. Une voix pleine d'inquiétude depuis qu'elle s'était jetée dans ses bras, les yeux ruisselant de larmes intarissables. Depuis qu'elle avait atterri à Malaga après un bref passage à Amsterdam, sa maman si insouciante d'ordinaire lui apportait un soutien sans faille. Jamais Kassia ne l'aurait imaginée, elle d'ordinaire si papillonnante, aussi sensible à sa détresse.

— Oh ! ma chérie...

Sa mère la rejoignit, s'assit sur un coussin à côté d'elle et lui prit la main.

— Ça va passer. Je te le promets, ça va passer. Viens déjeuner. John est parti avec le second à bord de l'annexe. Ils ont décidé de capturer quelque chose de gros et d'immangeable. Ça va sans doute leur prendre la journée. Quel plaisir peut-on prendre à pêcher ? Je ne comprendrai jamais !

L'image de Damos en cuissardes apprenant à pêcher à la mouche avec Duncan MacFadyen surgit aussitôt dans l'esprit de Kassia, décuplant son désespoir. Elle se revit sur le tartan ce jour-là, moins captivée par le livre qu'elle avait dans les mains que par le spectacle de l'homme qu'elle aimait... Elle réprima un sanglot. Oui, elle était tombée amoureuse de Damos sans s'en rendre compte. Aujourd'hui elle en avait conscience. Elle était prise au piège de son amour pour lui et c'était la pire chose qui pouvait lui arriver.

Dire que j'aime un homme qui m'a utilisée sans le moindre scrupule. Quelle idiote ! *Quelle pauvre idiote* !

Elle réprima un nouveau sanglot. Sa mère avait été fantastique. Dès qu'elle l'avait appelée elle lui avait dit de les rejoindre en Espagne, pour se réfugier à bord du yacht que son mari et elle avaient loué. Depuis, elle avait appris par le Dr Michaelis, qui avait eu la générosité de lui accorder un congé à durée indéterminée, ainsi que par la gouvernante de sa mère dans les Costwolds, que Damos essayait de la retrouver.

La gorge nouée, Kassia se leva et suivit sa maman sur le pont principal. À la vue de la table dressée par les stewards, elle fut assaillie par un autre souvenir. Celui de la première soirée qu'elle avait passée avec Damos. Ce dîner en tête à tête à bord de son yacht... Elle avait pour mission de lui en apprendre davantage sur les fouilles. Quelle mascarade ! Il s'en moquait éperdument !

Kassia prit soudain conscience que le capitaine les avait rejointes sur le pont et qu'il parlait à sa mère.

— Je suis désolé, mais nous avons reçu l'ordre de regagner le port demain. Le propriétaire a besoin de ce yacht particulier. Un autre, plus luxueux, sera mis à votre disposition. Sans frais supplémentaires, bien sûr.

Sa mère semblait contrariée, mais elle n'avait pas d'autre choix que d'accepter.

Le lendemain, quand ils arrivèrent au port, le propriétaire du yacht attendait sur le quai.

C'était Damos.

Depuis le quai, il observait les manœuvres d'amarrage en s'efforçant de surmonter son anxiété. Il avait enfin retrouvé la trace de Kassia. Après avoir découvert que le yacht loué par sa mère et son beau-père faisait partie de sa flotte, il l'avait réquisitionné. Le capitaine l'avait informé que Kassia se trouvait à bord, et en effet elle était sur le pont. C'était la première fois qu'il la revoyait depuis qu'elle l'avait fui sur le toit de l'hôtel pendant cette soirée cauchemardesque à Athènes. Jamais il n'avait été en proie à une telle émotion. Une émotion douloureuse. Très douloureuse. Dès que les manœuvres furent terminées il s'avança vers la passerelle de débarquement qui venait d'être abaissée. Kassia était blanche comme un linge.

— Je voudrais te parler, Kassia.

Ce fut sa mère qui répondit. Elle était en effet petite, pulpeuse, élégante et séduisante.

— Ma fille n'a rien à vous dire, monsieur Kallinikos, dit-elle d'un ton sec.

— Mais moi j'ai des choses importantes à lui dire. Kassia ? S'il te plaît, laisse-moi juste te parler. Rien de plus. Nous ne pouvons pas en rester là.

Kassia pâlit encore, mais elle semblait hésiter. Sa mère lui murmura quelque chose et elle releva le menton.

— Au café, là.

D'un signe de tête elle indiqua l'établissement le plus proche du yacht. S'ils s'installaient en terrasse, sa mère pourrait les voir, comprit-il. Il hocha la tête, tendu à l'extrême. Elle descendit la passerelle, passa devant lui sans un regard et se dirigea vers le café. Il la suivit, et ils s'assirent en terrasse. Un serveur arriva aussitôt. Il commanda deux cafés. Un noir pour lui et un crème pour elle. Il connaissait ses goûts. Il savait des tas de choses à son sujet. Mais il ignorait totalement comment elle allait réagir. Pour l'instant elle fuyait son regard. Son visage était tendu, et elle avait visiblement du mal à respirer. Les cafés arrivèrent. Le serveur disparut. Il prit une profonde inspiration.

— Nous ne pouvons pas en rester là, Kassia. Je voudrais… Je veux… faire la paix avec toi.

Il déglutit péniblement. Il manquait de naturel, il le savait. Et il ne trouvait pas les mots. Mais il fallait continuer. Et il fallait la convaincre. Il n'avait pas d'autre choix. Parce que le problème était très simple. Il voulait qu'elle revienne dans sa vie. Non… Il avait besoin qu'elle revienne.

Parce que sans elle ma vie est insupportable.

— La paix ?

Elle ne fuyait plus son regard, mais il le regrettait presque…

— La paix ? répéta-t-elle sur un ton encore plus incrédule. Après ce que tu m'as fait, tu t'imagines que nous pouvons faire la paix ?

— Je dois essayer, Kassia…

— Essayer quoi ? De m'expliquer que tu ne m'as pas utilisée pour contrer mon père ? Que tout ce qui s'est passé entre nous n'était pas une comédie depuis le premier instant ? Tu vas réellement essayer ça ? Tu m'as menée en bateau du début à la fin !

Il voulut l'interrompre mais elle poursuivit avec véhémence.

— Tu es venu sur le site des fouilles avec un plan bien précis en tête. Vas-tu le nier ? Tu m'as invitée à dîner sur ton yacht parce que ça faisait partie de ce plan. Vas-tu aussi le nier ? Quant à Oxford… J'ai cru que c'était une coïncidence ! Mais ça n'en était pas une, n'est-ce pas ?

Il inspira profondément.

— Non. Mais…

— À partir de là, ça a été un jeu d'enfant, n'est-ce pas ? Une fois que j'étais ferrée, il ne restait plus qu'à me remonter petit à petit jusqu'à ce que je me retrouve exactement là où tu avais besoin de moi.

Les traits de Kassia se crispèrent.

— Dans ton lit.

L'amertume dans sa voix fut comme un coup de poignard qu'il reçut en plein cœur.

— Ensuite il ne te restait plus qu'à exécuter la phase finale de ton plan. Utiliser l'arme que tu avais minutieusement fabriquée - moi - pour éliminer mon père. Pour l'argent. Pour le profit.

Elle fit une pause.

— Tu m'as menti... tu m'as bernée... tu m'as utilisée.

Elle se leva et ajouta d'une voix dure, aussi dure que son regard :

— Je croyais que tu étais différent de mon père. Quelle erreur !

Elle s'éloigna en direction du yacht sans avoir touché son café. Elle marchait tête basse, le dos voûté, nota-t-il confusément avant de se lever à son tour. Il se rappela juste à temps qu'il devait payer. Il laissa tomber un billet sur la table et s'élança derrière elle. Il fallait qu'il la rattrape.

Il fallait qu'il lui dise ce qu'il avait à lui dire. Il était venu en Espagne pour ça. Il irait au bout du monde pour ça s'il le fallait.

Alors qu'elle remontait la passerelle en courant, quelqu'un barra le passage à Damos. Son beau-père.

— Laissez-la tranquille, monsieur Kallinikos. Vous avez causé assez de dégâts. Laissez notre famille tranquille.

Damos regarda par-dessus son épaule. Un taxi s'arrêtait sur le quai. Kassia et sa mère descendaient la passerelle. Malgré leur différence de taille, sa mère tenait Kassia par les épaules. Un steward les suivait avec leurs bagages. Le beau-père de Kassia les rejoignit, leur ouvrit la portière et les fit monter à l'arrière du taxi. Le steward mit les bagages dans le coffre. Le beau-père monta à l'avant. Le taxi démarra.

Damos le suivit des yeux jusqu'à ce qu'il disparaisse.

12

Kassia frotta doucement la terre séchée du bout de sa truelle autour du fragment de poterie qui affleurait. Il fallait qu'elle travaille avec précaution. Il fallait qu'elle travaille tout court.

Sans cela, elle serait sans défense. Son travail remplissait ses journées, ses pensées.

Malheureusement, il ne pouvait pas remplir ses nuits.

Les nuits étaient ce qu'elle craignait le plus. Elles laissaient le champ libre aux pensées, aux souvenirs, aux rêves. Et les rêves se transformaient en cauchemars.

Elle se concentra sur sa tâche. C'était le dernier jour de fouilles et elle voulait dégager ce fragment. Et ceux qui l'accompagnaient sans doute. Elle était la dernière personne dans la tranchée parce que le site fermait pour l'hiver. Toutes les découvertes étaient emballées, toutes les notes rassemblées et tous les catalogues mis en boîte. L'hiver au musée les tâches ne manqueraient pas. Saisie des notes, restauration des découvertes, tri entre les objets à exposer sur place, à envoyer dans d'autres musées ou à archiver.

Elle serait occupée tout l'hiver et c'était primordial.

En cette fin d'automne la pluie et le froid gagnaient du

terrain. Le moment était venu de se blottir chez soi, de rester au sec et au chaud.

Un souvenir transperça le cœur de Kassia. Elle et Damos jouant aux échecs devant la cheminée du château des Highlands, pendant que la pluie cinglait les fenêtres. Damos l'avait encerclée peu à peu pendant cette partie d'échecs, comme il l'avait encerclée peu à peu tout au long de leur relation. Dès le début. Elle releva la tête. Cette tranchée faisait partie d'une extension du site sur lequel elle travaillait la première fois où elle avait posé les yeux sur cet homme. La vue de Kassia se brouilla et elle baissa la tête en crispant les doigts sur le manche de la truelle. Elle entendit vaguement un bruit de voix et quelqu'un lui tapota l'épaule d'un geste hésitant. Elle tressaillit et releva la tête. C'était le Dr Michaelis. Mais il n'était pas seul. Il y avait quelqu'un derrière lui. Damos.

Était-il fou ? Qu'était-il venu faire ici ? N'avait-il pas retenu la leçon de l'Espagne ?

Elle ne veut plus rien avoir à faire avec moi. Rien.

Damos inspira profondément. Il était quand même venu ici. Au bout de deux mois. Les deux mois les plus interminables et les plus éprouvants de sa vie. Mais n'avait-il pas mérité de vivre un enfer après ce qu'il avait fait ?

Tout ce dont elle m'a accusé, je l'ai fait.

Les yeux fixés sur Kassia à genoux dans la tranchée, il eut une impression horrible de déjà-vu. L'étau qui lui broyait la poitrine se resserra encore. Le Dr Michaelis parlait à Kassia et son embarras était perceptible. Damos déglutit péniblement. Il s'en voulait d'infliger ça à cet homme, mais il était à bout. Son désespoir était trop grand. Il n'avait pas pu faire autrement que de venir.

— Kassia... *Kyrios* Kallinikos m'a... il m'a prié de lui accorder une faveur. Il voudrait... échanger quelques mots avec vous.

Kassia resta impassible. Elle ne regarda pas Damos. Elle se releva sans un mot. Et sortit de la tranchée.

— Bien..., murmura le Dr Michaelis avant de s'éloigner précipitamment.

Kassia tourna enfin les yeux vers Damos. Ils étaient... bizarres, constata-t-il. Elle ne dit rien. Elle se contenta de rester là, immobile. Il aurait juré qu'elle portait le même pantalon large et le même T-shirt moutarde informe que la première fois qu'il l'avait rencontrée... La seule différence c'était le gilet marron qui la protégeait de la fraîcheur de l'air. Ses cheveux étaient noués n'importe comment sur sa nuque et elle n'était pas maquillée. Tout à coup il revit l'image qu'il avait eue d'elle en Espagne quand elle regagnait le yacht, dos voûté, tête baissée. Toute l'assurance qu'elle avait gagnée après son changement de look, quand elle avait pris conscience de son pouvoir de séduction... cette assurance avait disparu. C'était comme si elle n'avait jamais existé.

Il finit par rompre le silence.

— Je... Il y a quelque chose que je voudrais te dire. Que je... que je voudrais que tu saches. Je... Je sponsorise le musée. Ton père... il a retiré son soutien financier après...

Il s'interrompit puis se força à reprendre.

— Je ne voulais pas que le musée pâtisse de la situation. Mais je ne te dis pas ça pour que tu aies une meilleure opinion de moi...

Elle continua de garder le silence, impassible, le regard vide.

— J'ai racheté la société de Cosmo Palandrou par l'intermédiaire d'un mandataire, que j'ai financé et qui me l'a ensuite vendue. Sa gestion était catastrophique et les conflits sociaux étaient quasiment permanents. Depuis mon acquisition j'ai mis en œuvre un plan de partage de la valorisation de l'entreprise qui attribue 50 % des parts à l'ensemble des salariés, sans frais pour eux. Les bénéfices seront partagés à 50/50, et ma part sera réinvestie dans le développement de l'entreprise. Je ne percevrai aucun bénéfice.

Il expira lentement. Le plus dur à exprimer était à venir, mais il devait le dire. Même si Kassia restait immobile et silencieuse, le regard toujours vide.

— J'ai pris ces mesures parce que, en Espagne, tu m'as accusé de t'avoir utilisée pour m'enrichir.

Il sentit quelque chose se briser en lui.

— Oh ! Kassia, si seulement je pouvais faire disparaître tout ce que je t'ai fait ! Si tu savais à quel point je le regrette ! Mais je ne peux pas revenir en arrière. Tout ce que je peux faire c'est vivre avec les conséquences de mes actes. Vivre avec le vide laissé par ce que j'ai perdu.

Sa voix s'étrangla. Il avait une pierre dans la gorge. Il n'arrivait plus à respirer… Mais il devait parler. Il fallait prononcer les mots.

— Toi. C'est toi que j'ai perdue.

Il s'apprêta à s'en aller. Elle était toujours immobile, silencieuse, impassible. Rester ici ne rimait à rien. À rien du tout… Au moment où il se détournait, il vit un changement sur le visage de Kassia. Des larmes l'inondaient.

Les larmes coulaient. Elles ruisselaient. Impossible de les arrêter. Rien ne pouvait les arrêter.

— Kassia…

Les bras de Damos se refermèrent sur elle.

Elle aurait dû se dégager, le repousser, le chasser. C'était l'homme qui lui avait menti dès le premier instant, ici même. Qui avait élaboré un plan pour l'utiliser, pour faire d'elle une pauvre petite idiote décérébrée…

Elle aurait dû le repousser de toutes ses forces. Mais elle était trop faible…

— Ne pleure pas. Je t'en supplie. Je ne supporte pas de te voir pleurer. Je ne supporte pas l'idée que c'est à cause de moi que tu pleures. C'est une torture.

Elle s'accrochait à lui… Comment pouvait-elle, après tout ce qu'il lui avait fait subir ?

— Tu m'as menti, Damos ! Tu n'as pas cessé de me mentir ! Tout n'a été que mensonges ! Chaque jour passé ensemble. Chaque heure. Chaque nuit dans tes bras.

Des sanglots la secouaient.

— Tout n'était qu'un énorme mensonge !

Elle sentit les bras de Damos se raidir. Puis il la lâcha et son regard se perdit au loin. Au-delà des tranchées et de l'oliveraie. Puis ses yeux plongèrent dans les siens.

— Ça a commencé par un mensonge.

Il fit une pause.

— Mais c'est devenu la vérité.

Jamais il n'avait prononcé des paroles aussi importantes.

— C'est devenu la vérité.

Il scruta le visage de Kassia. Rien. Il n'y lisait rien qui

puisse l'aider. Mais il ne méritait pas d'être aidé. Après tous ses mensonges elle méritait la vérité.

— La vérité est brutale. Tout ce dont tu m'as accusé en Espagne est vrai. Mon intérêt feint pour les fouilles, le dîner sur le yacht, la rencontre faussement fortuite à Oxford, tout ça était en effet prémédité, planifié dans un but bien précis. Mais ensuite… ensuite tout a changé.

Il déglutit péniblement.

— J'ai pris conscience que nous étions bien ensemble. Que j'avais envie de passer du temps avec toi. De plus en plus de temps avec toi. Toi, Kassia. Pas Kassia Andrakis, qui devait me servir à contrer Yorgos Andrakis. Mais toi. Kassia. Pour toi-même. Pour ce que tu étais. J'avais envie de passer de plus en plus de temps avec toi. Et plus que tout… Plus que tout j'avais envie de toi dans mes bras.

Il ferma les yeux un instant.

— Oh ! Kassia, si tu savais comme j'en avais envie ! Et j'avais envie que ce soit réciproque. Et plus je te découvrais, plus je prenais conscience de ton manque de confiance dans ta beauté, plus j'avais envie de te la révéler. C'est ce que j'ai fait. Et quand… quand je t'ai enfin tenue dans mes bras cette nuit-là, j'ai su que j'avais trouvé quelqu'un. Quelqu'un que je ne voulais pas perdre.

Il reprit son souffle. Les mots arrivaient toujours. La vérité sortait toujours. Elle ne pouvait plus être retenue.

— Notre séjour dans les Highlands est la période la plus précieuse de ma vie. Avec toi j'ai éprouvé un bonheur que je n'avais jamais connu. Nous étions si bien ensemble. Si bien ! Et je savais que c'était la même chose pour toi. J'ai compris alors que je ne voulais plus jamais être séparé de toi. Je voulais que nous restions ensemble une fois de retour ici en Grèce, comme je te l'ai dit. Mais…

Il ferma de nouveau les yeux.

— Il fallait que j'atteigne malgré tout mon objectif initial. Si nous avions disposé d'un peu de temps il aurait suffi que nous soyons vus ensemble à Athènes à plusieurs reprises. La nouvelle se serait bientôt répandue et elle serait arrivée aux oreilles de ton père et de Cosmo Palandrou. Mais malheureusement le temps était compté. Alors j'ai voulu en finir. Me débarrasser du problème une fois pour toutes. J'ai pensé que la meilleure solution était de nous présenter tous les deux devant eux. Et qu'ensuite nous pourrions passer à autre chose sans plus nous en préoccuper. Je ne me doutais pas…

Il s'interrompit une fois de plus.

— Tout ce que ton père t'a dit… J'étais horrifié. Horrifié de t'avoir exposé à une telle violence, à une telle injustice… Et aussi à la vérité, quand il m'a accusé de t'avoir utilisée. Il n'avait jamais été prévu que tu l'apprennes un jour. Au début quand j'ai commencé à élaborer mon plan, je me suis dit que mon intérêt pour toi ne pourrait pas te nuire. Que si tu n'avais pas envie d'avoir une aventure avec moi, mon plan tomberait à l'eau, point final. J'en aurais été quitte pour en imaginer un autre. Mais que si tu étais d'accord pour une aventure, tu passerais en principe de bons moments avec moi. Je m'étais même dit que tu ne pouvais pas avoir envie d'épouser Cosmo Palandrou. Quelle femme en aurait envie ? Et que cette aventure te rendrait service à toi aussi en te débarrassant de ce problème. Oui, je me suis dit tout ça.

Il poussa un soupir tremblant avant de poursuivre.

— Mais quand j'ai pris conscience que je voulais prolonger

notre relation, rester avec toi parce que nous étions bien ensemble, je n'ai plus su quoi faire. J'ai eu la tentation de t'avouer toute la vérité, mais je me suis dit que c'était trop risqué. Qu'il valait mieux que tu ne saches jamais rien puisque de toute façon mes motivations avaient changé. Les moments que je passais avec toi étaient de plus en plus précieux chaque jour, alors à quoi bon te parler de mes intentions premières, qui n'étaient plus d'actualité ?

Il se mordit la lèvre.

— Mais il y avait une autre raison pour laquelle je ne voulais pas t'avouer la vérité. Une raison que je ne voulais pas vraiment reconnaître. Sauf qu'en Espagne tu m'as obligé à la regarder en face.

Le regard de Damos se perdit de nouveau un instant au-delà des tranchées.

— En Espagne tu m'as dit que j'étais comme ton père. Que je n'hésitais pas à utiliser les gens pour mon profit. J'ai eu honte. Comme je le méritais. Mais aujourd'hui je paie le prix de mes fautes, Kassia. Crois-moi, je paie le prix que je mérite de payer. Je t'ai perdue et je ne le supporte pas. Pourtant, je sais que je n'ai pas d'autre choix. Je dois me résigner à endurer cette perte irréparable parce que j'en suis le responsable.

Il se détourna, la gorge nouée. Cette émotion qui le submergeait, qui le mettait au supplice, il devait l'endurer également. Il était inutile de rester plus longtemps ici. Il devait s'en aller et vivre sans elle, jour après jour…

Une main se posa sur son bras.

— Ne pars pas.

La voix de Kassia était à peine audible.

— Ne pars pas. Ne me quitte pas.

Le cœur battant à tout rompre, il se retourna lentement. Elle ne le regardait pas. Elle avait la tête baissée.

— Ne me quitte pas, répéta-t-elle dans un murmure. Je ne veux pas te perdre. Je t'ai perdu une fois. Je ne supporterais pas de te perdre une seconde fois.

Elle leva la tête. Mais qu'exprimaient ses yeux ? Il ne savait pas. Il avait l'impression que son cœur occupait toute la place dans sa poitrine.

— Kassia, si tu m'acceptais dans ta vie après ce que je t'ai fait, j'implorerais ton pardon. Mais comment pourrais-tu me pardonner ?

Elle effleura sa joue du bout des doigts.

— C'est déjà fait.

Elle plongea son regard dans le sien. Il n'était plus morne. Les reflets argentés étaient de retour dans ses yeux.

— Kassia, mon Dieu... Kassia !

Cette émotion étrange et intense qui l'avait laissé perplexe à plusieurs reprises le submergeait de nouveau. Mais à présent il savait ce que c'était. Il prit la main de Kassia et déposa un baiser sur ses doigts.

En témoignage de son amour.

Parce que cette émotion qui l'emplissait tout entier c'était de l'amour. Il le comprenait aujourd'hui après avoir retrouvé ce qu'il croyait perdu à jamais. Sa raison de vivre. Kassia.

— Je suis à toi, dit-il d'une voix vibrante d'émotion. Je suis à toi aussi longtemps que tu voudras de moi. Une heure, une journée, une nuit... ou une vie entière.

Elle joignit ses doigts aux siens. Ses yeux étaient de nouveau noyés de larmes. Mais ces larmes scintillaient comme des diamants.

— Ou pour l'éternité ? suggéra-t-elle avant d'effleurer ses lèvres.

Était-ce de l'amour cette émotion qui se répandait en elle à grands flots ? Qui balayait sur son passage toute la souffrance accumulée ?

Oh ! oui, c'était sûrement cela ! Quoi d'autre pourrait gonfler son cœur d'une joie aussi enivrante ?

Damos la serrait contre lui à l'étouffer en embrassant ses cheveux, ses joues, ses lèvres.

— Je ne te mérite pas. Je ne mérite pas une seule seconde de ta compagnie. Oh ! si seulement je pouvais défaire...

Elle posa un doigt sur sa bouche pour le réduire au silence.

— Chut, c'est fini. Envolé. Oublié. Que tu le regrettes à ce point c'est tout ce qui compte pour moi. Ça efface toute la souffrance. Je t'aime, Damos.

— Oh ! Kassia, je t'aime !

Épilogue

Kassia riait tellement qu'elle avait du mal à reprendre sa respiration. Damos et elle se trompaient sans arrêt mais personne ne leur en voulait, et les autres danseurs leur faisaient des signes pour leur indiquer dans quel sens ils devaient tourner ou quelles mains ils devaient prendre. En tout cas, une chose était certaine. Le quadrille écossais demandait une énergie folle. Le rythme était si entraînant qu'il était impossible de ne pas danser au son des violons, des cornemuses, des tambours et des accordéons. Après *Strip the Willow*, *Dashing White Sergeant* et *Mairi's Wedding*, ils venaient d'attaquer un *reel* à quatre couples qui leur semblait particulièrement compliqué.

Quand il fut terminé, Kassia se laissa tomber sur une des chaises disposées le long des murs de la salle du village ou se déroulait le *ceilidh*, bal de danses traditionnelles.

— Pas mal du tout, petite.

Duncan MacFadyen, très chic en *filibeg* – un kilt court –, chemise blanche et cravate, ne semblait pas essoufflé le moins du monde. Son neveu jouait de la cornemuse et Mrs MacFadyen s'affairait autour de l'énorme table qui croulait sous la nourriture. Damos, qui ne semblait pas essoufflé non plus, les rejoignit avec deux bières pour Duncan et lui, ainsi qu'un verre de cidre pour Kassia. Duncan lui tapa sur l'épaule.

— On va faire de vous un vrai Écossais, mon gars.

Damos pouffa.

— Kassia et moi nous allons pratiquer en Grèce pour notre prochaine visite cet été.

— Nous serons alors un couple marié respectable, Duncan, annonça Kassia avant de boire une grande gorgée de cidre.

— Si bien que nous profitons au maximum de notre dernière escapade romantique de couple illégitime, dit Damos.

À cette plaisanterie, Duncan émit un petit rire malicieux.

— Oh ! eh bien, l'hiver n'est pas une mauvaise saison pour se tenir chaud.

Kassia sourit. Damos et elle se tenaient très très chaud dans le lit à baldaquin du château. Après avoir passé Noël chez sa mère et son beau-père, ils n'avaient pas résisté à la tentation de célébrer *Hogmanay* ici.

Dans le château où nous sommes tombés amoureux.

Et où ils passeraient leur lune de miel cet été. Il allait falloir patienter de longs mois, mais elle ne pouvait pas priver sa mère du plaisir d'organiser un grand mariage traditionnel avec une réception au manoir de son beau-père dans les Costwolds. Avec marquise sur la pelouse, petit déjeuner de mariage et bal sous les étoiles.

Sa mère était dans son élément et elle prenait un plaisir fou à tout organiser. Pour sa part elle se serait volontiers contentée d'un *handfasting*, ou cérémonie des mains liées, en tête à tête avec Damos.

Peut-être allaient-ils le faire ces jours-ci, d'ailleurs. Au bord du *loch*, enveloppés dans d'épais tartans. Ou peut-être au sommet du *munro* que Damos était déterminé à escalader avant leur retour en Grèce.

— Nous escaladerons notre deuxième *munro* maintenant, avait-il dit. Un facile pour l'hiver. Nous essaierons un plus difficile cet été. Ensuite nous continuerons au rythme de deux par an jusqu'à ce que nous les ayons tous escaladés !

Elle avait éclaté de rire.

— Il y en a près de trois cents !

Il avait déposé un baiser sur son front.

— Eh bien, nous nous contenterons de la moitié. Ce qui devrait nous conduire jusqu'à un âge avancé. Nous en escaladerons peut-être même encore des très faciles quand nous serons centenaires ?

Elle lui avait pressé la main, le cœur gonflé de tendresse comme il l'était en ce moment, alors qu'elle le regardait boire sa bière.

Comme je l'aime !

Après leur réconciliation, tout avait été très simple. Le Dr Michaelis lui avait accordé un nouveau congé sur-le-champ et ils avaient pris l'avion pour Athènes. Ils avaient passé le week-end dans l'appartement de Damos au Pirée, puis il l'avait accompagnée en Angleterre, où il avait fait la paix avec sa mère et serré la main de son beau-père.

Il n'y avait qu'une main qu'il ne pourrait jamais serrer et de toute façon elle n'attendrait jamais ça de lui. Ni d'elle-même. Sa rupture avec son père était définitive. Comment pourrait-il en être autrement ? C'était une ombre au tableau, bien sûr, mais elle ne la laisserait pas ternir son bonheur. Ce serait son beau-père qui la conduirait à l'autel.

D'ici là, elle continuerait à travailler au musée. Elle ne pouvait pas laisser tomber le Dr Michaelis du jour au lendemain, si bien que Damos et elle devraient se contenter de se voir le week-end. Une fois qu'ils seraient mariés, elle chercherait un poste à Athènes.

Et déjà Damos faisait certaines allusions.

— Cet appartement est très bien pour nous deux, mais trop petit pour une famille.

— Passons d'abord du temps ensemble en tête à tête, avait-elle répliqué. Faisons toutes les choses que tu m'as promis que nous ferions.

Damos levait le pied professionnellement. Il avait vendu sa société de location de yachts et il se délestait peu à peu de certains autres investissements. Une fois la société de logistique et transport de Cosmo Palandrou remise à flot, il avait décidé de réduire encore sa participation au capital.

— Je veux profiter de la vie, avait-il dit à Kassia. M'initier à la plongée sous-marine, naviguer avec toi, voyager davantage.

— J'en suis heureuse, avait-elle répondu. Tu as travaillé avec acharnement pour arriver là où tu es aujourd'hui. Maintenant, le moment est venu de profiter du fruit de ce travail. Après tout, un jour nous serons dans le même état que tous ces gens qui vivaient il y a trois mille ans à l'âge du bronze, avait-elle ajouté avec un sourire malicieux. Des archéologues feront des fouilles pour étudier les vestiges de notre vie en se demandant à quoi elle ressemblait.

Elle avait déposé un baiser sur sa joue.

— Alors faisons en sorte qu'elle soit belle.

Elle se remémorait cette conversation quand les musiciens attaquèrent une nouvelle danse. Aussitôt, son pied se mit à battre la mesure de lui-même. Damos termina sa bière, lui prit son verre des mains et le posa avec le sien sur le rebord de la fenêtre derrière son siège.

— Allez tous les deux ! s'exclama Duncan d'un ton joyeux. Le *ceilidh* continue !

Alors qu'ils prenaient place sur la piste, Kassia s'exclama :

— Tu es conscient que ce soir c'est la première fois que nous dansons ensemble depuis cette soirée au Viscari St James ?

Une fois encore son cœur se gonfla de tendresse. Quel souvenir précieux ! Si précieux... Elle regarda Damos, tandis qu'ils attendaient leur tour, face à face.

Leurs regards se rencontrèrent.

— C'est à vous ! s'exclama la femme qui était à côté d'elle.

Kassia avança vers Damos, qui l'imita et lui prit la main. Yeux dans les yeux, main dans la main, ils s'élancèrent en dansant vers l'avenir radieux qui les attendait.